Ojalá fuera cierto

Marc Levy

Ojalá fuera cierto

Traducción de
Teresa Clavel

CÍRCULO de LECTORES

A Louis

CAPÍTULO

1

Verano de 1996

Acababa de sonar el pequeño despertador que había sobre la mesita de noche de madera clara. Eran las cinco y media, y una luz dorada que sólo esparcen los amaneceres de San Francisco bañaba la habitación.

Toda la familia dormía: *Kali,* la perra, tendida al pie de la cama, sobre la alfombra, y Lauren, enterrada bajo el edredón, en el centro de la gran cama.

El apartamento de Lauren sorprendía por la ternura que emanaba. Estaba situado en el primer piso de una casa victoriana de Green Street y se componía de un salón con cocina americana, un amplio dormitorio, un vestidor y un enorme cuarto de baño con ventana. El suelo era de tablas de madera alargadas de color tostado, excepto en el cuarto de baño, donde estaban pintadas de blanco alternando con pequeños cuadrados en negro.

Las paredes, blancas, estaban decoradas con dibujos chinos antiguos adquiridos en las galerías de Union Street, y una moldura de marquetería finamente cincelada por las manos de un hábil ebanista de principios de siglo, que Lauren había barnizado en un tono caramelo, bordeaba el techo.

Unas alfombras de coco ribeteadas de yute beis delimitaban los espacios del salón, el comedor y la chimenea. Frente al hogar, un gran sofá tapizado en algodón crudo invitaba a arrellanarse. Los escasos muebles dispersos estaban dominados por preciosas lámparas con pantallas plisadas, que había ido adquiriendo a lo largo de los tres últimos años.

La noche había sido muy corta. La guardia de Lauren, doctora interna en el San Francisco Memorial Hospital, se había prolongado mucho más de las veinticuatro horas habituales debido a la llegada, a última hora, de las víctimas de un gran incendio. Las primeras ambulancias habían llegado a urgencias diez minutos antes del relevo y Lauren había comenzado a enviar a los heridos a las diferentes salas de preparación, ante la mirada desesperada de sus compañeros. Con una metodología de virtuoso, auscultaba en unos minutos a cada paciente, le asignaba una etiqueta del color correspondiente a la gravedad de su estado, redactaba un diagnóstico preliminar, ordenaba las primeras pruebas y enviaba a los camilleros a la sala apropiada. La clasificación de las dieciséis personas desembarcadas entre las doce y las doce y cuarto de la noche terminó a las doce y media en punto, y los cirujanos cuya presencia se había requerido pudieron comenzar las primeras operaciones de aquella larga noche a la una menos cuarto.

Lauren había asistido al doctor Fernstein en dos intervenciones seguidas y no regresó a casa hasta que recibió la orden expresa del médico, quien la convenció de que el cansancio le hacía bajar la guardia, con el consiguiente peligro para la salud de sus pacientes.

Salió en plena noche del aparcamiento del hospital al volante de su Triumph y se dirigió a su casa a gran velocidad por las calles desiertas. «Estoy demasiado cansada y conduzco demasiado deprisa», se repetía una y otra vez para luchar contra la somnolencia, aunque la idea de volver a urgencias en camilla, y no por su propio pie, bastaba por sí sola para mantenerla despierta.

Pulsó el mando a distancia de la puerta del garaje y aparcó el viejo automóvil. Pasando por el pasillo interior, subió de cuatro en cuatro los peldaños de la escalera principal y entró en su casa con una sensación de alivio.

Las agujas del reloj de péndulo colgado sobre la chimenea marcaban las dos y media. Lauren dejó caer su ropa al suelo en medio del gran salón. Completamente desnuda, pasó al otro lado de la barra para prepararse una infusión. Los tarros que adornaban la estantería contenían toda clase de hierbas, como si a cada momento del día le correspondiera un aroma. Dejó la taza en la mesita de noche, se acurrucó bajo el edredón y se durmió en el acto. El día anterior había sido demasiado largo, y el que se anunciaba exigía levantarse temprano. Aprovechando los dos días de fiesta, que por una vez coincidían con el fin de semana, había aceptado una invitación para ir a casa de unos amigos, en Carmel. Y aunque el cansancio acumulado justificaba plenamente dormir toda la mañana, nada habría podido hacerle retrasar aquel despertar tan temprano. A Lauren le encantaba ver amanecer en la carretera que, bordeando el Pacífico, une San Francisco con la bahía de Monterrey. Medio dormida, buscó a tientas el botón para enmudecer el despertador. Se restregó los ojos con las manos cerradas y dedicó la primera mirada a *Kali*, tendida en la alfombra.

–No me mires así. Ya no formo parte de este planeta. –Al oír su voz, la perra se apresuró a rodear la cama y apoyó la cabeza en el vientre de su ama–. Voy a dejarte dos días, pequeña. Mamá pasará a buscarte hacia las once. Aparta, voy a levantarme y a ponerte algo de comer.

Lauren estiró las piernas, dio un largo bostezo estirando los brazos hacia arriba y saltó de la cama con los pies juntos.

Pasó detrás del mostrador frotándose el pelo, abrió el frigorífico, bostezó de nuevo y sacó mantequilla, mermelada, tostadas, una lata de comida para perros, una bolsa abierta de jamón de Parma, un trozo de Gouda, una botella de leche, un cuenco de compota de manzana, dos yogures naturales, cereales y medio pomelo; el otro medio se quedó en el estante inferior. Como *Kali* la observaba moviendo la cabeza, Lauren la miró con cara de enfado y dijo:

–¡Tengo hambre!

Como de costumbre, primero preparó el desayuno de su protegida en un pesado plato de barro.

A continuación llenó su bandeja y la llevó a la mesa de trabajo. Desde allí, volviendo ligeramente la cabeza, podía contemplar Sausalito y sus casas colgadas de las colinas, el Golden Gate que comunicaba los dos lados de la bahía, el puerto pesquero de Tiburon y, a sus pies, los tejados que se extendían, escalonados, hasta La Marina. Abrió la ventana de par en par. La ciudad se hallaba sumida en el silencio; tan sólo las sirenas de los cargueros con destino a China, mezcladas con los gritos de las gaviotas, acompasaban la languidez de la mañana. Se estiró de nuevo y atacó con apetito el pantagruélico desayuno. La noche anterior no había cenado por falta de tiempo. Tres veces había intentado comerse un sándwich, pero las tres veces había sonado el busca, reclamándola para que atendiera otra urgencia. Cuando conocía a alguien y le preguntaba a qué se dedicaba, ella respondía invariablemente: «A correr». Tras haber devorado buena parte del festín, dejó la bandeja en el fregadero y se dirigió al cuarto de baño.

Introdujo los dedos entre las láminas de madera de la persiana para inclinarlas, se quitó el camisón blanco de algodón, lo dejó en el suelo y se metió en la ducha. El potente chorro de agua templada acabó de despertarla.

Al salir de la ducha se enrolló una toalla alrededor de la cintura, dejando las piernas y los pechos al aire.

Hizo un mohín frente al espejo y se decidió por un maquillaje ligero. Se puso unos vaqueros y un polo, se quitó los vaqueros, se puso una falda, se quitó la falda y volvió a ponerse los vaqueros. Sacó del armario una bolsa de lona, metió algunas prendas y el neceser, y consideró que ya estaba preparada para comenzar el fin de semana. Al volverse, vio el desorden reinante –ropa por el suelo, toallas desperdigadas, cacharros en el fregadero, la cama deshecha– y dijo en voz bien alta, con determinación, dirigiéndose a todos los objetos del lugar:

–¡Ni una palabra! ¡Ni rechistar! ¡Mañana volveré pronto y os arreglaré para toda la semana!

Luego tomó papel y bolígrafo y redactó una nota, antes de pegarla a la puerta del frigorífico con un gran imán en forma de rana.

Mamá:

Gracias por ocuparte de la perra. No se te ocurra ordenar nada. Lo haré yo cuando vuelva.

Pasaré directamente por tu casa para buscar a *Kali* el domingo hacia las cinco. Te quiero.

Tu doctora preferida

Se puso el abrigo, acarició con ternura la cabeza de la perra, la besó en la frente y salió de casa.

Bajó los peldaños de la gran escalera, pasó por el exterior para ir hasta el garaje y se metió de un salto en el viejo descapotable.

–¡Me voy! ¡Me voy! –se repetía–. No puedo creerlo, es un verdadero milagro. Lo único que falta es que tú te dignes arrancar. Como se te ocurra toser una sola vez, prepárate: te ahogo en jarabe antes de llevarte al desguace y te cambio por un coche nuevo completamente electrónico, sin estárter y sin achaques cuando hace frío por la mañana. ¿Lo has entendido bien? Espero que sí. ¡Contacto!

Al viejo inglés debió de impresionarle enormemente la convicción con que su dueña pronunció aquellas palabras, pues su motor se puso en marcha al primer giro de llave. Se anunciaba un hermoso día.

CAPÍTULO

2

Lauren arrancó lentamente para no despertar al vecindario. Green Street es una bonita calle bordeada de árboles y casas. Los que viven allí se conocen unos a otros, como en los pueblos. Seis cruces antes de llegar a Van Ness, una de las grandes arterias que atraviesan la ciudad, cambió de marcha y aceleró. Una luz clara, que se iba tiñendo de color a medida que transcurrían los minutos, despertaba poco a poco las perspectivas deslumbrantes de la ciudad. El coche circulaba a bastante velocidad por las calles desiertas. Lauren saboreaba la embriaguez del momento. Las cuestas de San Francisco son particularmente propicias para experimentar una sensación de vértigo.

Giro cerrado en Sutter Street. Ruido y golpeteo en la dirección. Bajada abrupta hacia Union Square. Son las seis y media, el casete reproduce una música a grito pelado. Hace mucho tiempo que Lauren no se siente tan feliz. Se ha quitado de encima el estrés, el hospital, las obligaciones. Se anuncia un fin de semana completo para ella y no hay que perder ni un minuto. Union Square está tranquila. Unas horas más tarde, las aceras rebosarán de gente de la ciudad y de turistas que van de compras a los grandes almacenes situados en la plaza. Pasará un tranvía tras otro, los escaparates estarán iluminados, se formará una larga cola de coches en la entrada del aparcamiento central enterrado bajo los jardines, donde grupos de música cambiarán acordes y canciones por centavos y dólares.

Mientras tanto, en ese instante temprano reina la calma. Los escaparates están apagados, algunos vagabundos duermen todavía en los bancos. El guarda del aparcamiento echa un sueño en la garita. El Triumph engulle el asfalto al ritmo de los impulsos del cambio de marchas. Los semáforos están en verde, Lauren reduce a segunda para girar mejor en Polk Street, una de las cuatro calles que bordean la plaza ajardinada. Embriagada, con un pañuelo en la cabeza, empieza a girar delante de la inmensa fachada del edificio de Macy's. Una curva perfecta, los neumáticos chirrían ligeramente, se suceden los golpeteos, todo va muy deprisa, los golpeteos se confunden, se mezclan, discuten.

¡Un chasquido repentino! El tiempo se detiene. Ya no hay diálogo entre la dirección y las ruedas, la comunicación se ha interrumpido definitivamente. El coche se va hacia un lado y derrapa en la calzada todavía húmeda. El rostro de Lauren se crispa. Sus manos se agarran al volante, que se ha vuelto dócil y acepta girar sin fin en un vacío que compromete el resto del día. El Triumph continúa patinando, el tiempo parece tomárselo con calma y estirarse de repente como en un largo bostezo. A Lauren le da vueltas la cabeza; en realidad es el decorado lo que gira alrededor de ella a una velocidad increíble. El coche se cree que es una peonza. Las ruedas chocan brutalmente contra la acera, el morro se levanta y besa una boca de incendios. El capó sigue elevándose hacia el cielo. El coche gira sobre sí mismo en un último esfuerzo y expulsa a la conductora, pues resulta demasiado pesada para esa pirueta que desafía las leyes de la gravedad. El cuerpo de Lauren sale despedido por los aires y se estrella contra la fachada del gran almacén. El inmenso escaparate estalla y se esparce hecho añicos. La sábana de vidrio acoge a la joven, que rueda por el suelo y luego se detiene, con la cabellera revuelta entre los trozos, mientras el viejo Triumph acaba su carrera tumbado boca arriba, con parte de él sobre la acera. Un poco de vapor escapa de sus entrañas y exhala el último suspiro, su último capricho de viejo inglés.

Lauren está inerte. Descansa plácidamente. Sus facciones están serenas, su respiración es lenta y regular. En la boca, ligeramente abierta, podría descubrirse una leve sonrisa; tiene los ojos cerrados, como si estuviera dormida. Los largos cabellos le enmarcan el rostro; la mano derecha está apoyada en el vientre.

En la garita, el guarda del aparcamiento pestañea. Lo ha visto todo, «como en el cine», pero allí «era de verdad», dirá. Se levanta, sale corriendo, cambia de opinión y vuelve sobre sus pasos. Descuelga febrilmente el teléfono y marca el 911. Pide ayuda, y la ayuda se pone en marcha.

El comedor del San Francisco Hospital es una gran estancia con el suelo de baldosas blancas y las paredes pintadas de amarillo. Una multitud de mesas rectangulares de formica están dispuestas a lo largo de un pasillo central que conduce a las máquinas de bebidas y de comida envasada al vacío. El doctor Philip Stern dormitaba tendido sobre una de las mesas, con una taza de café frío en la mano. Un poco más lejos, su compañero se balanceaba en una silla con la mirada perdida en el vacío. En el fondo de uno de sus bolsillos sonó el busca. Abrió un ojo y miró el reloj refunfuñando; faltaba apenas un cuarto de hora para que acabara la guardia.

–Tengo la negra, desde luego. Frank, llama a ver qué pasa.

Frank descolgó el teléfono mural que había sobre su cabeza, escuchó el mensaje que le transmitió una voz, colgó y se volvió hacia Stern.

–Arriba, amigo, es para nosotros. Union Square, un código 3, parece que es grave...

Los dos internos asignados al servicio de asistencia médica urgente se levantaron y se dirigieron al lugar donde los esperaba la ambulancia con el motor en marcha, al pie de la rampa luminosa intermitente. Dos toques breves de sirena marcaron la salida de la unidad 02. Eran las siete menos cuarto de la mañana, Market Street estaba totalmente desierta y el vehículo circulaba a bastante velocidad.

–¡Mierda! Y pensar que hoy va a hacer buen día...

–¿Por qué te quejas?

–Porque estoy reventado. Voy a pasarme el día durmiendo, sin poderlo aprovechar.

–Gira a la izquierda, iremos en dirección prohibida.

La ambulancia subió por Polk Street hacia Union Square.

–Allí está.

Al llegar a la gran plaza, lo primero que vieron los dos internos fue el viejo Triumph despanzurrado sobre la boca de incendios. Frank paró la sirena.

–Pues sí, ha dado de lleno –constató Stern saltando del vehículo.

Dos policías ya estaban allí, y uno de ellos condujo a Philip hacia el escaparate roto.

–¿Dónde está? –le preguntó el interno al policía.

–Ahí delante. Es una mujer, y es médico, al parecer de urgencias. A lo mejor la conocen.

Stern, arrodillado junto al cuerpo de Lauren, pidió a gritos a su compañero que se diera prisa. Ya le había cortado con unas tijeras los vaqueros y el jersey, dejando la piel al aire. En la larga pierna izquierda, una considerable deformación aureolada por un gran hematoma indicaba una fractura. El resto del cuerpo, aparentemente, estaba libre de contusiones.

–Prepárame las placas y una perfusión. El pulso se escapa y no hay tensión, respiración a 48, herida en la cabeza, fractura cerrada en el fémur derecho con hemorragia interna. ¿La conocemos? ¿Es del hospital?

–Sí, la he visto alguna vez. Es interna en urgencias, trabaja con Fernstein. Es la única que le planta cara.

Philip no reaccionó ante esta última observación. Frank colocó las siete placas sobre el pecho de la joven, unió cada una de ellas con un cable eléctrico de diferente color al electrocardiógrafo portátil y lo conectó. La pantalla se iluminó en el acto.

–¿Qué se ve? –le preguntó a su compañero.

–Nada bueno, se va. Tensión a 8/6, pulso a 140, labios cianóticos... Te preparo una sonda endotraqueal del 7, vamos a intubar.

El doctor Stern acababa de colocar el catéter y le tendió el frasco de suero a un policía.

–Sujete esto bien, necesito las dos manos.

A continuación le pidió a su compañero que inyectara cinco miligramos de adrenalina en el tubo de la perfusión y ciento veinticinco miligramos de Solumedrol, y que preparara inmediatamente el desfibrilador. En el mismo momento, la temperatura de Lauren comenzó a bajar rápidamente, mientras que el trazado del electrocardiograma se volvía irregular. En la parte inferior de la pantalla verde, empezó a parpadear un corazoncito, acompañado al instante por un pitido corto y repetitivo, señal de aviso de la inminencia de una fibrilación cardíaca.

–¡Vamos, preciosa, quédate con nosotros! Debe de estar inundada de sangre por dentro. ¿Cómo tiene el vientre?

–Blando. Probablemente sangra en la pierna. ¿Estás preparado para la intubación?

En menos de un minuto, Lauren estuvo intubada. Stern preguntó por las constantes; Frank le indicó que la respiración estaba estable y que la tensión había bajado a 5. No tuvo tiempo de terminar la frase; el pitido corto fue sustituido por un silbido estridente que salió del aparato.

–Ya empezamos..., está fibrilando. Mándame trescientos julios.

Philip frotó las dos placas del aparato una contra otra.

–Adelante, lo tienes a punto –gritó Frank.

–¡Apartaos! ¡Allá voy!

El cuerpo se arqueó brutalmente por efecto de la descarga, con el vientre apuntando hacia el cielo, antes de caer de nuevo.

–No, no ha ido bien.

–Ponlo a trescientos sesenta, haremos otro intento.

–Ya está, trescientos sesenta.

–¡Apartaos!

El cuerpo se irguió y cayó de nuevo inerte.

–Pásame otros cinco miligramos de adrenalina y vuelve a cargar a trescientos sesenta. ¡Apartaos!

Otra descarga, otro sobresalto.

–¡Sigue fibrilando! La perdemos... Inyecta una unidad de Lidocaína en la perfusión y vuelve a cargar. ¡Apartaos!

El cuerpo se alzó.

–¡Inyectamos quinientos miligramos de Berilium y carga a trescientos ochenta inmediatamente!

Lauren sufrió otra sacudida. Su corazón pareció responder a las drogas que se le habían inyectado y recobrar un ritmo estable, pero sólo durante unos instantes; volvió a sonar el silbido que había cesado durante unos segundos.

–¡Parada cardíaca! –dijo Frank.

Philip empezó inmediatamente un masaje cardíaco con una obcecación poco habitual.

–No hagas el tonto –le suplicó mientras intentaba devolverla a la vida–, hoy hace buen tiempo. No nos hagas esto.

Después le ordenó a su compañero que volviera a cargar la máquina.

–Déjalo, Philip –dijo Frank, tratando de calmarlo–, es inútil.

Pero Stern se negaba a abandonar; le repitió a su compañero que cargara el desfibrilador y éste obedeció. Una vez más pidió que se apartaran. El cuerpo volvió a combarse, pero el electrocardiograma seguía siendo plano. Philip reanudó el masaje, con la frente bañada en sudor. El cansancio acentuaba la desesperación del joven médico ante su impotencia. Su compañero tomó conciencia de que su actitud carecía de toda lógica. Debería haber parado varios minutos antes y certificado la hora del fallecimiento, pero no lo hacía, continuaba masajeando el corazón.

–Pon medio miligramo más de adrenalina y sube a cuatrocientos.

–Philip, para ya. Esto no tiene sentido, está muerta. No sabes lo que haces.

–¡Cierra el pico y haz lo que te digo!

El policía posó en el interno arrodillado junto a Lauren una mirada inquisitiva a la que éste no prestó atención alguna. Frank se encogió de hombros y, tras inyectar otra dosis en el tubo de la perfusión, volvió a cargar el desfibrilador y anunció el umbral de los cuatrocientos miliamperios. Stern envió la descarga, sin siquiera pedir que se apartaran. Sacudido por la intensidad de la corriente, el tórax se alzó del suelo bruscamente. La línea permaneció plana. El interno no la miró, lo sabía incluso antes de aplicar esta última descarga. Golpeó con un puño el pecho de Lauren.

–¡Mierda! ¡Mierda!

Frank lo agarró de los hombros con fuerza.

–¡Para, Philip, estás perdiendo los papeles, cálmate! Certifica el fallecimiento y nos vamos. Ya no puedes más, tienes que irte a descansar.

Philip estaba sudando y tenía la mirada perdida. Frank levantó la voz y sujetó la cabeza de su amigo entre sus manos, obligándole a mirarlo a los ojos.

Le ordenó que se calmara y, en vista de que no reaccionaba, le dio un bofetón. El joven médico acusó el golpe.

–Vamos, amigo, tranquilízate –insistió su compañero, en un tono de voz ya deliberadamente apaciguador.

Luego, fatigado, lo soltó y apartó la mirada, también perdida. Los policías contemplaban estupefactos a los dos médicos. Frank caminaba dando vueltas sobre sí mismo, totalmente desconcertado a juzgar por las apariencias. Philip, arrodillado, levantó lentamente la cabeza, abrió la boca y dijo en voz baja:

–Hora de la muerte, siete y diez. Llévensela –añadió, dirigiéndose al policía que seguía sosteniendo el frasco de la perfusión, expectante–, se acabó, no podemos hacer nada más por ella. –Se levantó, le pasó a su compañero un brazo por los hombros y lo condujo hacia la ambulancia–. Ven, nos vamos.

Los dos agentes los siguieron con la mirada mientras subían al vehículo.

–¡No parecía que lo tuvieran muy claro los matasanos esos! –comentó uno de ellos.

El otro policía miró a su colega.

–¿Te has encontrado ya en algún caso en el que se hayan cargado a uno de los nuestros?

–No.

–Pues entonces no puedes comprender lo que acaban de vivir. Ven, ayúdame. Vamos a ponerla con cuidado sobre la camilla para meterla en la furgoneta.

La ambulancia ya había doblado la esquina. Los dos agentes levantaron el cuerpo inerte de Lauren, lo depositaron sobre la camilla y lo cubrieron con una manta. En vista de que el espectáculo había acabado, los escasos curiosos que quedaban se fueron. En el interior de la ambulancia, los dos médicos habían permanecido callados hasta que Frank se decidió a romper el silencio.

–¿Qué te ha pasado, Philip?

–No tiene ni treinta años, es médico, es guapa...

–¡Sí, pero no se trata de eso! ¿Cambia las cosas el hecho de que sea guapa y médico? Hubiera podido ser fea y trabajar en un supermercado. Es el destino, tú no puedes hacer nada para evitarlo, le había llegado la hora. Ahora volveremos, irás a acostarte e intentarás olvidar todo esto.

Dos manzanas detrás de ellos, el coche de policía se disponía a pasar por un cruce cuando un taxi se saltó el semáforo en ámbar. El policía, furioso, frenó bruscamente y conectó unos instantes la sirena; el chófer de Limo Service se detuvo y pidió excusas sin andarse con rodeos. El cuerpo de Lauren había caído de la camilla. Los dos hombres pasaron a la parte trasera. El más joven asió a Lauren por los tobillos y el mayor por los brazos. Este último se quedó petrificado al mirar el pecho de la joven.

–¡Respira!

–¿Qué?

–¡Que respira! Ponte al volante ahora mismo y vamos al hospital.

–¿Te das cuenta? Ya decía yo que esos matasanos no se aclaraban.

–Calla y date prisa. No entiendo nada, pero esos dos van a oír hablar de mí.

La furgoneta de la policía adelantó como una exhalación a la ambulancia, ante la mirada atónita de los dos internos. Eran «sus polis». Philip quería que su compañero conectara la sirena y los siguiera, pero éste se opuso. Estaba agotado.

–¿Por qué iban tan deprisa?

–No tengo ni idea –respondió Frank–. Además, puede que no fueran ellos. Todos se parecen.

Diez minutos más tarde aparcaban al lado de la furgoneta de la policía, cuyas puertas se habían quedado abiertas. Philip bajó de la ambulancia y entró en urgencias. Se encaminó hacia admisión a un paso cada vez más precipitado.

–¿En qué sala está? –preguntó a la recepcionista sin saludarla.

–¿Quién, doctor Stern? –intervino la enfermera de guardia.

–La chica que acaban de traer.

–En el quirófano 3. La atiende Fernstein. Parece ser que es de su equipo.

El policía de más edad se acercó a él por la espalda y le tocó un hombro.

–¿Se puede saber qué tienen ustedes en la cabeza?

–¿Perdón?

Hacía bien en pedir perdón, pero eso no bastaba. ¿Cómo había podido certificar el fallecimiento de una chica que aún respiraba cuando iba en su furgoneta?

–¡Si no llega a ser por mí, la habrían metido viva en la nevera!

Sí, desde luego, iba a oír hablar de él. El doctor Fernstein salió del quirófano en ese momento y, fingiendo no prestar ninguna atención al agente de policía, se dirigió directamente al joven médico.

–Stern, ¿cuántas dosis de adrenalina le ha inyectado?

–Cuatro veces cinco miligramos –respondió el interno.

El profesor lo reprendió de inmediato, recordándole que ese modo de actuar indicaba obcecación terapéutica; después, dirigiéndose al oficial de policía, afirmó que Lauren estaba muerta mucho antes de que el doctor Stern certificara la hora de su fallecimiento.

Añadió que el error del equipo médico probablemente había sido empeñarse en hacer funcionar el corazón de aquella paciente con cargo a los asegurados.

Para zanjar todo posible debate, explicó que el líquido inyectado se había acumulado alrededor del pericardio.

–Y cuando usted ha frenado bruscamente ha pasado al corazón, que ha tenido una reacción puramente química y se ha puesto en marcha.

Desgraciadamente, aquello no cambiaba en absoluto la muerte cerebral de la víctima. En lo referente al corazón, cuando el líquido se disolviera, se detendría.

–En el caso de que no lo haya hecho ya –añadió.

Fernstein invitó al policía a pedir excusas al doctor Stern por su nerviosismo, totalmente fuera de lugar, y rogó a este último que pasara a verlo antes de marcharse. El agente se volvió hacia Philip.

–Veo que en la policía no tenemos el monopolio del

corporativismo –mascullό–. No le deseo que pase un buen día.

Acto seguido, giró sobre sus talones y abandonó el recinto del hospital.

A pesar de que los dos batientes se cerraron tras él, se oyó el ruido de las puertas de la furgoneta al ser cerradas con violencia.

Stern se quedó con los brazos apoyados en el mostrador, mirando a la enfermera de guardia con el entrecejo fruncido.

–Pero ¿qué es todo ese rollo que ha contado?

La mujer se encogió de hombros y le recordó que Fernstein lo esperaba.

Philip llamó a la puerta del jefe de Lauren. El mandarín lo invitó a entrar. De pie, detrás de la mesa, dándole la espalda y mirando por la ventana, esperaba ostensiblemente que Stern hablase primero, cosa que hizo. Le confesó que no entendía lo que le había dicho al policía. Fernstein lo interrumpió con sequedad.

–Escúcheme bien, Stern. Lo que le he dicho a ese oficial es la explicación más sencilla para que no haga un informe sobre usted y destroce su carrera. Su comportamiento es inadmisible para alguien con su experiencia. Hay que saber aceptar la muerte cuando se nos impone. Nosotros no somos dioses ni responsables del destino. Esa chica estaba muerta cuando llegaron, y su obstinación habría podido costarle cara.

–Pero ¿cómo explica que haya empezado a respirar de nuevo?

–Ni lo explico ni tengo por qué hacerlo. No lo sabemos todo. Está muerta, doctor Stern. Que eso no le guste es una cosa, pero lo cierto es que se ha ido. Me importa un bledo que los pulmones se muevan y que el corazón palpite por su cuenta. Su electroencefalograma es plano. Su muerte cerebral es irreversible. Esperaremos a que el resto siga el mismo camino y la bajaremos al depósito. Punto final.

–Pero... ¡no puede hacer eso! ¡No puede hacerlo teniendo tantas evidencias!

Fernstein expresó su irritación con un gesto de la cabeza y alzando la voz. No tenía por qué recibir lecciones. ¿Sabía Stern el coste de un día de reanimación? ¿Creía que el hospital iba a ocupar una cama para mantener artificialmente con vida a un «vegetal»? Lo invitó vivamente a madurar un poco. Se negaba a que una familia tuviera que pasar semanas enteras junto a la cabecera de un ser inerte y sin inteligencia, mantenido con vida gracias a las máquinas. Se negaba a ser responsable de ese tipo de decisiones, simplemente para satisfacer el ego de un médico.

Le ordenó a Stern que desapareciese de su vista y que fuera a darse una ducha. El joven interno siguió plantado frente al profesor, defendiendo con ardor su postura. Cuando había certificado la muerte, su paciente estaba en parada cardiorrespiratoria desde hacía diez minutos. Su corazón y sus pulmones habían dejado de vivir. Sí, se había obcecado porque por primera vez desde que era médico había notado que alguien, aquella mujer, no quería morir.

Le describió cómo, tras sus ojos abiertos, la había sentido luchar, negarse a irse.

Entonces había luchado junto a ella saltándose las normas, y diez minutos más tarde, en contra de toda lógica, en contra de todo lo que le habían enseñado, su corazón había comenzado a palpitar de nuevo, sus pulmones a inspirar y a espirar aire, un soplo de vida.

–Tiene razón –prosiguió–, somos médicos y no lo sabemos todo. Esa mujer también es médico.

Le suplicó a Fernstein que le diera una posibilidad. Se habían visto comas de más de seis meses que volvían a la vida sin que nadie entendiera por qué. Lo que ella había hecho no lo había hecho nunca nadie, así que daba igual lo que costara.

–No deje que se vaya, no quiere. Es lo que nos está diciendo.

El profesor esperó unos instantes antes de responder.

–Doctor Stern, Lauren era alumna mía. Tenía un carácter endemoniado, pero también un gran talento. Yo la apreciaba mucho y tenía puestas muchas esperanzas en su carrera, como también las tengo puestas en la de usted. Esta conversación ha terminado.

Stern salió del despacho sin cerrar la puerta. Frank lo esperaba en el pasillo.

–¿Qué haces aquí?

–Pero ¿se puede saber qué tienes en la cabeza, Philip? ¿Sabes a quién estabas hablándole en ese tono?

–Tú dirás.

–El tipo con quien hablabas es el profesor de esa chica, la conoce y la trata desde hace quince meses. Ha salvado más vidas de las que quizá puedas salvar tú en toda la tuya. Tienes que aprender a controlarte. La verdad es que a veces desvarías.

–Déjame en paz, Frank. Hoy ya he recibido mi dosis de lecciones de moral.

CAPÍTULO 3

El doctor Fernstein cerró la puerta de su despacho, descolgó el teléfono, dudó unos instantes, colgó. Dio unos pasos en dirección a la ventana y levantó de nuevo el auricular del teléfono. Pidió que le pusieran con el quirófano. Enseguida se oyó una voz al otro lado de la línea interior.

–Soy Fernstein. Prepárense, vamos a operar dentro de diez minutos. Enseguida le mando el informe.

Colgó con cuidado y meneó la cabeza. Al salir del despacho se dio de bruces con el profesor Williams.

–¿Qué tal? –preguntó éste–. Te invito a un café.

–No, no puedo.

–¿Qué vas a hacer?

–Una estupidez, me dispongo a hacer una estupidez. Tengo que irme. Te llamo luego.

Fernstein entró en el quirófano con una bata verde atada en la cintura. Una enfermera le puso los guantes esterilizados. La sala era inmensa; un equipo completo rodeaba el cuerpo de Lauren. Detrás de su cabeza había un monitor en cuya pantalla aparecían las señales que mostraban el ritmo de su respiración y de los latidos de su corazón.

–¿Cómo están las constantes? –preguntó Fernstein al anestesista.

–Estables, increíblemente estables. Sesenta y cinco y doce/ocho. Está dormida. Los gases de la sangre son normales, puede empezar.

–Sí, está dormida, como usted dice.

El escalpelo penetró en el muslo, cortando toda la zona que ocupaba la fractura. Mientras comenzaba a apartar los músculos, Fernstein se dirigió a todo el equipo llamándolos «queridos colegas» y les explicó que iban a ver a un profesor de cirugía, con veinte años de carrera a sus espaldas, realizar una intervención digna de un interno de quinto curso: reducción de fémur.

–¿Y saben por qué la practico yo? –preguntó.

Porque ningún estudiante de quinto curso aceptaría reducir una fractura en el cuerpo de una persona cerebralmente muerta desde hacía más de dos horas. De modo que les rogaba que no hicieran preguntas y les agradecía que se prestaran al juego; tardarían quince minutos como máximo. Pero Lauren era una de sus alumnas y todo el personal médico presente en la sala comprendía al cirujano y lo apoyaba. Entró un radiólogo y pidió que le pasaran unas placas de escáner. Los negativos mostraban un hematoma a la altura del lóbulo occipital. Se decidió efectuar una punción para liberar la compresión. Se practicó un orificio en la parte posterior de la cabeza; controlando la trayectoria a través de una pantalla, el cirujano atravesó las meninges con una fina aguja y dirigió ésta hasta el lugar donde se hallaba el hematoma. El cerebro no parecía afectado. El flujo sanguíneo corrió por la sonda. La presión intracraneal descendió casi al instante. El anestesista aumentó de inmediato el caudal de oxígeno enviado al cerebro mediante la intubación de las vías respiratorias. Las células, liberadas de la presión, recobraron un metabolismo normal, eliminando poco a poco las toxinas acumuladas. La perspectiva de la intervención cambiaba de minuto en minuto. Todo el equipo olvidaba de forma progresiva que estaba operando a un ser humano clínicamente muerto. Cada uno se metió en su papel, y se fueron encadenando los movimientos diestros. Se hicieron radiografías de la pared costal, se repararon las fracturas de las costillas y se practicó una punción en la pleura. La intervención fue metódica y precisa. Cinco horas más tarde, el profesor Fernstein se quitaba los guantes. Pidió que cerraran las heridas y que después trasladaran a la paciente a la sala de reanimación. A continuación ordenó que, una vez pasados los efectos de la anestesia, desconectaran toda clase de asistencia respiratoria.

Dio las gracias de nuevo a su equipo por su presencia y su futura discreción. Antes de abandonar la sala, le pidió a Betty, una de las enfermeras, que lo avisara cuando hubieran desconectado a Lauren. Salió del quirófano y se dirigió a paso rápido a los ascensores. Al pasar por delante del mostrador, le preguntó a la recepcionista si el doctor Stern todavía se encontraba en el recinto del hospital. La joven le contestó que no y el médico se alejó abatido, no sin antes darle las gracias e indicarle que estaría en su despacho por si alguien preguntaba por él.

Desde el quirófano, Lauren fue conducida a la sala de reanimación. Betty conectó el *monitoring* cardíaco, el electroencefalógrafo y la cánula de intubación al respirador artificial. Con todo aquello, la joven parecía un cosmonauta. La enfermera tomó una muestra de sangre y salió de la habitación. La paciente dormía plácidamente, sus párpados parecían dibujar los contornos de un universo de sueño sereno y profundo.

Media hora más tarde, Betty telefoneó al profesor Fernstein y le dijo que Lauren ya no estaba bajo los efectos de la anestesia. Él le preguntó cuáles eran sus constantes vitales. La enfermera le confirmó lo que se esperaba, que seguían estables, e insistió para que le repitiera lo que debía hacer.

–Desconecte el respirador –dijo el médico–. Yo bajaré enseguida –añadió antes de colgar.

Betty entró en la sala y separó la sonda de la cánula, dejando que la paciente intentara respirar por sí misma. Unos instantes después retiró la cánula, liberando de este modo la tráquea.

Apartó un mechón de pelo de la cara de Lauren, la miró con ternura y salió, apagando la luz. La habitación quedó bañada por la luz verde del aparato de encefalografía, cuyo trazado seguía siendo plano. Eran casi las nueve y media de la noche y todo estaba en silencio.

Al cabo de una hora, la señal del osciloscopio comenzó a temblar, al principio muy levemente. De pronto, el punto que marcaba el extremo de la línea se elevó considerablemente, para descender de forma vertiginosa y volver a la horizontal.

Nadie fue testigo de esta anomalía. El azar es así. Betty entró de nuevo en la estancia una hora más tarde. Tomó las constantes de Lauren, desenrolló unos centímetros de la tira de papel que expulsaba la máquina, vio la punta anormal, frunció el entrecejo y siguió revisando unos centímetros más. Al constatar que seguía habiendo una línea recta, tiró el papel sin darle más vueltas al asunto. Descolgó el teléfono mural y llamó a Fernstein.

–Soy yo. Tenemos un coma profundo con constantes estables. ¿Qué hago?

–Busque una cama en la quinta planta. Gracias, Betty.

Fernstein colgó.

CAPÍTULO 4

Invierno de 1996

Arthur pulsó el mando a distancia de la puerta del garaje y aparcó el coche. Subió por la escalera interior y entró en su nuevo apartamento. Cerró la puerta, empujándola con un pie, dejó la cartera, se quitó el abrigo y se arrellanó en el sofá. Una veintena de cajas esparcidas en medio del salón le recordó sus obligaciones. Se quitó el traje, se puso unos vaqueros y comenzó a vaciar las cajas, colocando en las estanterías los libros que contenían. El parqué crujía bajo sus pies. Unas horas más tarde, cuando hubo acabado, dobló las cajas de cartón, pasó el aspirador y acabó de arreglar la cocina. Entonces contempló su nuevo nido. «Debo de estar volviéndome un poco maniático», se dijo mientras se dirigía al cuarto de baño. Una vez allí, dudó entre darse una ducha o un baño. Al fin se decidió por el baño, abrió el grifo, conectó la pequeña radio que estaba sobre el radiador, junto a los armarios roperos de madera, se desnudó y se metió en la bañera exhalando un suspiro de alivio.

Mientras Peggy Lee cantaba Fever en el 101.3 de la FM, Arthur sumergió la cabeza varias veces en el agua. Primero le llamó la atención la calidad sonora de la canción que estaba escuchando, y después el sorprendente realismo de la estereofonía, sobre todo tratándose de un aparato que se suponía que era monofónico. De hecho, prestando mucha atención, parecía que el chasquido de dedos que acompañaba la melodía procediera del interior del armario. Intrigado, salió del agua y se acercó sigilosamente para oír mejor. El sonido era cada vez más preciso. Vaciló, respiró hondo y abrió bruscamente las dos hojas. Con los ojos como platos, dio un paso atrás.

Escondida entre las perchas, había una mujer con los ojos cerrados, aparentemente cautivada por el ritmo de la canción, que hacía chascar los dedos al tiempo que tarareaba.

–¿Quién es usted? ¿Qué hace aquí? –preguntó Arthur.

La mujer abrió los ojos, sobresaltada.

–¿Me ve?

–Pues claro que la veo.

Parecía absolutamente sorprendida por el hecho de que la viese. Él le aclaró que no estaba ni ciego ni sordo y volvió a preguntarle qué hacía allí. Por toda respuesta, ella dijo que aquello le parecía fantástico. Arthur no veía nada «fantástico» en aquella situación y, en un tono más irritado, le preguntó por tercera vez qué estaba haciendo en su armario a aquellas horas de la noche.

–Creo que no se da usted cuenta –dijo ella–. ¡Tóqueme un brazo!

Él se quedó desconcertado. La mujer insistió.

–Tóqueme el brazo, por favor.

–No, no pienso tocarle el brazo. ¿Qué está ocurriendo aquí?

La mujer asió a Arthur de la muñeca y le preguntó si la sentía cuando lo tocaba. Él, exasperado, le confirmó con firmeza que la había sentido cuando lo había tocado, y que también la veía y la oía perfectamente. Después le preguntó por cuarta vez quién era y qué hacía en su armario. Ella eludió totalmente la pregunta y repitió, muy contenta, que era «fabuloso» que la viera, la oyera y pudiera tocarla. Arthur, que había tenido un día agotador, no estaba de humor para tonterías.

–¡Ya está bien, señorita! ¿Se trata de una broma de mi socio? ¿Quién es usted? ¿Una *call-girl* de regalo de inauguración de piso?

–¿Siempre es usted tan grosero? ¿Acaso tengo pinta de puta?

Arthur suspiró.

–No, no tiene aspecto de puta, pero está escondida en mi ropero casi a las doce de la noche.

–¡Oiga, es usted quien está en cueros, no yo!

Arthur se cubrió con una toalla, sujetándosela en la cintura, e intentó adoptar una actitud normal.

–Bueno –dijo, alzando la voz–, ahora nos dejamos de juegos. Usted sale de aquí, se va a su casa y le dice a Paul que no ha tenido gracia, ninguna gracia.

La mujer no conocía a Paul y le pidió que bajara el tono de voz. Después de todo, ella tampoco estaba sorda; eran los demás los que no la oían, ella oía perfectamente.

Arthur estaba cansado y no entendía nada. Aquella mujer parecía francamente perturbada; él acababa de mudarse y lo único que quería era estar tranquilo.

–Sea buena chica, tome sus cosas y váyase a casa... En cualquier caso, salga de una vez del armario.

–Calma, no es tan fácil. No soy de una precisión absoluta, aunque en los últimos días esto está mejorando mucho.

–¿Qué está mejorando desde hace unos días?

–Cierre los ojos, voy a intentarlo.

–¿Qué va a intentar?

–Salir del armario. Es eso lo que quiere, ¿no? Pues cierre los ojos y cállese dos minutos, tengo que concentrarme.

–¡Está usted loca de atar!

–¿Quiere dejar de ser tan desagradable? Cállese y cierre los ojos, no vamos a pasarnos la noche con esto.

Arthur, desconcertado, obedeció.

Dos segundos después oyó una voz que venía del salón.

–No está mal. Justo al lado del sofá, pero no está mal.

Arthur salió precipitadamente del cuarto de baño y vio a la joven sentada en el suelo, en el centro de la habitación. Ella hizo como si no pasara nada.

–Me alegro de que haya dejado las alfombras, pero ese cuadro que ha colgado de la pared me parece horrible.

–Yo cuelgo los cuadros que quiero y donde quiero, y me gustaría acostarme, así que si no quiere decirme quién es no pasa nada, pero lárguese. ¡Váyase a su casa!

–¡Estoy en mi casa! Bueno, estaba... Todo esto es tan confuso...

Arthur meneó la cabeza. Él había alquilado ese apartamento hacía diez días y así se lo hizo saber.

–Sí, lo sé, es usted mi inquilino *post mortem.* La situación resulta bastante chocante.

–No sabe lo que dice. La propietaria es una mujer de setenta años. Además, ¿qué significa eso de «inquilino *post mortem*»?

–Menuda gracia le haría si le oyera. Tiene sesenta y dos, es mi madre y, en mi situación actual, mi tutora legal. Yo soy la verdadera propietaria.

–¿Tiene una tutora legal?

–Sí. Dadas las circunstancias, en estos momentos tengo muchas dificultades para firmar papeles.

–¿Recibe tratamiento en un hospital?

–Sí, es lo mínimo que se puede decir.

–Deben de estar muy preocupados. ¿Qué hospital es? La acompañaré.

–Oiga, ¿acaso me toma por una loca que se ha escapado de un manicomio?

–No, claro que no...

–Porque después de llamarme puta, ya es demasiado para un primer encuentro.

A él le importaba tres pimientos si era una *call-girl* o una loca de remate. Estaba hecho polvo y quería acostarse, simplemente. Ella no se movió y continuó con su rollo.

–¿Cómo me ve?

–No entiendo la pregunta.

–¿Cómo soy? Yo no me veo en los espejos. ¿Cómo me ve usted?

–Perturbada, muy perturbada –dijo él, impasible.

–Quiero decir físicamente.

Arthur dudó. La describió como una muchacha alta, de ojos muy grandes, boca bonita, facciones dulces que contrastaban totalmente con su comportamiento y manos largas que se movían con delicadeza.

–Si le hubiera pedido que situara una estación de metro, ¿me habría dado todas las correspondencias?

–Perdone, pero no la entiendo.

–¿Describe siempre a las mujeres con tanta precisión?

–¿Cómo ha entrado? ¿Tiene una copia de las llaves?

–No la necesito. ¡Es tan increíble que me vea!

Insistió de nuevo. Para ella era un milagro que la viesen. Le dijo que le había parecido muy bonita la forma en que la había descrito y lo invitó a sentarse a su lado.

–Lo que voy a decirle cuesta de entender y resulta imposible de admitir, pero si tiene la bondad de escuchar mi historia, si tiene la bondad de confiar en mí, entonces quizás acabe creyéndome, y es muy importante, porque usted es, sin saberlo, la única persona del mundo con quien puedo compartir este secreto.

Arthur se dio cuenta de que no tenía elección, de que iba a tener que escuchar lo que esa chica quería decirle, y aunque su único deseo en aquel momento era dormir, se sentó junto a ella y escuchó la cosa más increíble que había oído en su vida.

Se llamaba Lauren Kline, afirmaba que era médica interna y que hacía seis meses había sufrido un accidente de coche, un grave accidente de coche debido a que se le había roto la dirección.

–Estoy en coma desde entonces. No, no piense nada todavía y deje que le cuente.

No recordaba nada del accidente. Había recobrado la

conciencia en la sala de reanimación, después de que la hubieran operado. Experimentaba unas sensaciones extrañas, oía todo cuanto se decía a su alrededor, pero no podía moverse ni hablar. Al principio lo había achacado a los efectos de la anestesia.

–Estaba equivocada. Pasaron las horas y yo no conseguía despertar físicamente.

Continuaba percibiéndolo todo, pero era incapaz de comunicarse con el exterior. Entonces la había dominado un terrible miedo, al pensar durante varios días que estaba tetrapléjica.

–No se imagina por lo que he pasado. Prisionera en vida de mi propio cuerpo.

Había deseado con todas sus fuerzas morir, pero resulta difícil acabar con uno mismo cuando no se puede levantar ni el dedo meñique. Su madre estaba a la cabecera de la cama. Le suplicaba mentalmente que la asfixiara con la almohada. Después había entrado un médico en la habitación y había reconocido su voz; era la de su profesor. La señora Kline le había preguntado si su hija podía oír cuando le hablaban, a lo que Fernstein había respondido que no lo sabía, pero que unos estudios permitían pensar que las personas que se hallaban en su situación percibían signos del exterior y que, por lo tanto, era preciso tener cuidado con las palabras que se pronunciaban a su lado.

–Mamá quería saber si algún día volvería en mí.

Él había contestado en un tono sereno que tampoco lo sabía, que había que mantener una dosis justa de esperanza, que algunos enfermos habían vuelto en sí después de varios meses, que era muy raro pero que en ocasiones pasaba. «Todo es posible –había dicho–. No somos dioses, no lo sabemos todo. –Y había añadido–: El coma profundo es un misterio para la medicina.»

Paradójicamente, ella se había sentido aliviada: su cuerpo estaba intacto. El diagnóstico no era más tranquilizador, pero al menos tampoco era definitivo.

–La tetraplejia es irreversible –añadió Lauren–. En los casos de coma profundo siempre hay una esperanza, aunque sea mínima.

Las semanas habían transcurrido lentamente, cada vez más lentamente. Ella las vivía recluida en sus recuerdos y pensando en otros lugares. Una noche, pensando en la vida que bullía al otro lado de la puerta de su habitación, había imaginado el pasillo, con las enfermeras cargadas de historiales clínicos o empujando un carrito, en sus compañeros yendo y viniendo de una habitación a otra...

–Y entonces sucedió por primera vez: me encontré en medio de ese pasillo en el que pensaba con tanta intensidad. Al principio creí que la imaginación estaba gastándome una jugarreta, pues conozco bien el lugar, es el hospital donde trabajaba. Pero la situación resultaba sobrecogedora de tan real. Veía al personal a mi alrededor: Betty abría un armario, sacaba unas compresas y volvía a cerrarlo; Stephan pasaba frotándose la cabeza... Tiene un tic nervioso, lo hace constantemente.

Había oído las puertas del ascensor, percibido el olor de las comidas que le llevaban al personal de guardia. Nadie la veía; la gente pasaba por su lado sin siquiera intentar esquivarla, totalmente ajena a su presencia. Luego se había sentido cansada y había regresado a su cuerpo.

Durante los días siguientes aprendió a desplazarse por

el hospital. Pensaba en el comedor, y un instante después se encontraba allí; pensaba en la sala de urgencias, y allí estaba. Después de tres meses de ejercicios, había logrado alejarse del recinto hospitalario. Había compartido una cena con una pareja de franceses en uno de sus restaurantes preferidos, había visto media película en un cine, y había pasado unas horas en casa de su madre.

–Pero esa experiencia no la he repetido. Me resulta demasiado penoso estar a su lado sin poder comunicarme con ella.

Además, *Kali* percibía su presencia y empezaba a dar vueltas en redondo gimiendo; aquello volvía loco al pobre animal. Había ido allí porque al fin y al cabo era su casa, y seguía siendo el sitio donde se encontraba mejor.

–Vivo en una soledad absoluta. No se imagina lo que es no poder hablar con nadie, ser totalmente transparente, no existir ya en la vida de nadie. Así que comprenderá mi sorpresa y mi excitación cuando usted me ha hablado esta noche, en el armario, y me he dado cuenta de que me veía. No sé por qué, pero, con tal de que esto dure, podría seguir hablándole durante horas. ¡Necesito tanto hablar! ¡Tengo centenares de frases almacenadas!

El frenesí de palabras dejó paso a un instante de silencio. Unas lágrimas asomaron por la comisura de sus ojos. Miró a Arthur. Le pasó una mano por la mejilla y por debajo de la nariz.

–Debe de creer que estoy loca.

Arthur se había calmado, impresionado por la emoción de la muchacha, sobrecogido por el portentoso relato que acababa de escuchar.

–No. Todo esto es muy..., ¿cómo lo diría?..., inquietante, sorprendente, insólito. No sé qué decir. Quisiera ayudarla, pero no sé cómo.

–Deje que me quede aquí. Pasaré inadvertida, no le causaré molestias.

–¿Cree realmente todo lo que acaba de contarme?

–Usted no cree ni una palabra de lo que le he contado, ¿verdad? Está diciéndose que tiene delante a una chica completamente desequilibrada, sin ninguna posibilidad.

Él le pidió que se pusiera en su lugar. Si ella se hubiera encontrado a media noche a un hombre escondido en el armario de su casa, ligeramente sobreexcitado, intentando explicarle que era una especie de fantasma en coma, ¿qué habría pensado y cuál habría sido su reacción en caliente?

La joven esbozó una sonrisa, con el rostro más distendido, y acabó por confesarle que, «en caliente», sin duda habría gritado; admitió que había circunstancias atenuantes, cosa que él le agradeció.

–Créame, Arthur, se lo suplico. Nadie puede inventarse una historia así.

–Por supuesto que sí. Mi socio es capaz de idear una broma de este calibre.

–Esto no es ninguna broma de su socio. ¡Olvídese de él!

Cuando Arthur le preguntó cómo sabía su nombre de pila, Lauren contestó que ya estaba allí desde mucho antes de que él se instalara. Lo había visto visitar el apartamento y firmar con el agente inmobiliario el contrato sobre el mostrador de la cocina. También estaba allí cuando habían llegado las cajas y cuando se le había roto la maqueta de avión al desembalarla. Para ser sincera, le había hecho mucha gracia el cabreo que había pillado, aunque lo sentía por él. También le había visto colgar aquel insípido cuadro encima de la cama.

–Es usted un poco maniático. Cambiar veinte veces de sitio el sofá para acabar poniéndolo en el único que queda bien... Era tan evidente que me entraban ganas de decírselo. Estoy aquí con usted desde el primer día. He estado todo el tiempo.

–¿También está cuando me meto en la ducha y en la cama?

–No soy una mirona. Aunque..., bueno, reconozco que no está mal del todo.

Arthur frunció el entrecejo. La chica era muy convincente o, más bien, estaba muy convencida, pero él tenía la impresión de estar dando vueltas en redondo; aquella historia no tenía sentido. Si ella quería creerla, era cosa suya; él no tenía ningún motivo para intentar demostrarle lo contrario, no era su psiquiatra. Lo que él quería era dormir y, para conseguirlo, le ofreció alojamiento por una noche; él dormiría en el sofá del salón, «que tanto le había costado colocar bien», y le cedería el dormitorio. Al día siguiente ella volvería a su casa, al hospital, a donde quisiera, y sus vidas seguirían caminos distintos. Pero Lauren no estaba de acuerdo. Se plantó delante de él, ceñuda, absolutamente decidida a hacerse escuchar, respiró hondo y le enumeró una sorprendente serie de cosas que había hecho durante los últimos días. Le reprodujo la conversación telefónica que había mantenido con Carol-Ann dos días antes, hacia las once de la noche. Ella le colgó justo después de que él le diera una lección de moral, bastante pomposa por cierto, sobre las razones por las que no quiere oír hablar más de su historia. «¡Créame!» Le recordó las dos tazas que había roto mientras vaciaba las cajas, «¡créame!», que se había despertado tarde y se había quemado con el agua de la ducha, «¡créame!», así como el tiempo que había pasado buscando las llaves del coche, cabreado consigo mismo. «¡Créame de una vez!» A ella, la verdad, le parecía que era muy despistado, porque estaban en la mesita de la entrada. La compañía telefónica había ido el martes a las cinco de la tarde y le había hecho esperar media hora. Y se había comido un sándwich de pastrami, se había manchado la chaqueta y se había cambiado antes de volver a salir.

–¿Me cree ahora?

–Lleva varios días espiándome. ¿Por qué?

–¡Oiga, que esto no es el Watergate! ¡La casa no está llena de cámaras y micrófonos!

–¿Y por qué no? Sería más coherente que su historia, ¿no?

–¡Tome las llaves del coche!

–¿Para ir adónde?

–Al hospital. Voy a llevarlo a que me vea.

–¡Faltaría más! Es casi la una de la madrugada y voy a presentarme en el hospital, que está en la otra punta de la ciudad, y a pedirles a las enfermeras de guardia que tengan la bondad de llevarme urgentemente a la habitación de una mujer a la que conozco porque su fantasma está en mi apartamento, que me gustaría dormir, pero que ella es muy cabezota y que es la única manera de que me deje en paz.

–¿Ve otra?

–¿Otra qué?

–Otra manera. Porque no me dirá que va a poder conciliar el sueño…

–Pero ¿qué he hecho yo para que Dios me castigue de esta manera?

–Usted no cree en Dios. Se lo dijo por teléfono a su socio cuando hablaban de un contrato. «Paul, yo no creo en Dios. Si nos sale bien este negocio será porque somos los mejores, y si nos sale mal habrá que hacer una autocrítica y sacar las conclusiones pertinentes.» Muy bien, pues dedique cinco minutos a hacer una autocrítica, es todo lo que le pido. ¡Créame! Le necesito, es usted la única persona...

Arthur descolgó el teléfono y marcó el número de su socio.

–¿Te he despertado?

–¡No, qué tontería! Es la una de la madrugada y estaba esperando que me llamases para acostarme –contestó Paul.

–¿Tenía que llamarte?

–No, no tenías que llamarme… y sí, me has despertado. ¿Qué quieres a estas horas?

–Pasarte a alguien y decirte que tus bromas son cada vez más estúpidas.

Arthur le tendió el auricular a Lauren y le pidió que hablara con su socio. Ella no podía tomar el teléfono; le explicó que no podía tomar ningún objeto. Paul, que estaba impacientándose, le preguntó desde el otro lado de la línea con quién hablaba. Arthur sonrió, victorioso, y pulsó el botón «manos libres» del aparato.

–¿Me oyes, Paul?

–Claro que te oigo. Oye, ¿a qué estás jugando? Me gustaría dormir.

–A mí también me gustaría dormir. Calla un segundo. Habla con él, Lauren, habla con él ahora.

Ella se encogió de hombros.

–Si se empeña... Hola, Paul, seguramente usted no me oye, pero su socio no me escucha.

–Bueno, Arthur, si me has llamado para no decir nada, yo sí tengo una cosa que decirte: es muy tarde.

–Contéstale.

–¿A quién?

–A la persona que acaba de hablarte.

–La persona que acaba de hablarme eres tú y estoy contestándote.

–¿No has oído a nadie más?

–Oye, Juana de Arco, ¿eres víctima del estrés?

Lauren lo miraba con cara de compasión.

Arthur meneó la cabeza. De todas formas, si estaban conchabados, Paul no cedería así como así. Por el altavoz oyeron a Paul que preguntaba de nuevo con quién hablaba. Arthur le pidió que lo olvidara todo y se disculpó por haberlo llamado tan tarde. Paul quiso saber si todo iba bien, si necesitaba que pasara por su casa. Él lo tranquilizó; todo iba bien y le daba las gracias por su interés.

–De nada, amigo, despiértame cuando quieras para decir tonterías. No dudes en hacerlo, al fin y al cabo somos socios para lo bueno y para lo malo. Así que cuando estés así de mal, me despiertas y lo compartimos. Bueno, ¿puedo seguir durmiendo o hay algo más?

–Buenas noches, Paul.

Y colgaron.

–Acompáñeme al hospital, ya podríamos estar allí.

–No, no la acompaño. Cruzar esa puerta sería dar crédito a la rocambolesca historia que me ha contado. Estoy cansado, señorita, y quiero acostarme, así que ocupe usted el dormitorio y yo me quedaré en el sofá; y si no, váyase. Es mi última oferta.

–¡Pues qué bien! Me he topado con alguien más testarudo que yo. Váyase al dormitorio, yo no necesito cama.

–¿Y usted qué hará?

–¡Qué más le da!

–Pues no me da igual.

–Me quedaré en el salón.

–Hasta mañana por la mañana, y luego...

–Sí, hasta mañana por la mañana. Gracias por su hospitalidad.

–No vendrá a espiarme a mi habitación, ¿verdad?

–Puesto que no me cree, no tiene más que cerrar la puerta con pestillo. Pero, de todas formas, si es porque duerme desnudo, ya le he visto de sobra.

–¡Creía que no era una mirona!

Ella le recordó que un rato antes, en el cuarto de baño, no hacía falta ser una mirona sino simplemente no estar ciega para verlo desnudo. Él se puso rojo como un tomate y le dio las buenas noches.

–Buenas noches, Arthur, que tenga felices sueños.

Arthur se fue al dormitorio y cerró la puerta.

–Está como una cabra –masculló–. Es una historia de locos.

Se tumbó en la cama. Los números verdes del radiodespertador marcaban la una y media. Los vio pasar hasta las dos y once minutos. Se levantó de un salto, se puso un jersey grueso, unos vaqueros y unos calcetines y salió al salón. Lauren estaba sentada con las piernas cruzadas en el alféizar de la ventana.

–Me gusta esta vista –dijo sin volverse cuando él entró–. Fue lo que hizo que me enamorara de este apartamento. Me gusta mirar el puente; en verano me encanta abrir la ventana y oír las sirenas de los cargueros. Siempre he soñado con contar cuántas olas romperán contra su estrave antes de que crucen el Golden Gate.

–Bueno, vamos –dijo él por toda respuesta.

–¿De verdad? ¿Por qué se ha decidido de pronto?

–Me ha desvelado, así que, puestos a no dormir, más vale solucionar el asunto esta misma noche, porque mañana tengo una reunión importante al mediodía y debo intentar dormir al menos un par de horas, de modo que vámonos ya.

–Bien, ya me reuniré con usted.

–¿Dónde se reunirá conmigo?

–Le digo que me reuniré con usted. Confíe un poco en mí, aunque sólo sea durante un par de minutos.

A Arthur le parecía que, teniendo en cuenta la situación, ya estaba confiando demasiado en ella. Antes de salir, volvió a preguntarle su apellido. Ella se lo dijo, así como la planta y el número de la habitación donde se suponía que estaba ingresada: planta quinta, habitación 505. Añadió que era fácil acordarse porque era capicúa. A él no le parecía nada fácil lo que le esperaba.

Arthur cerró la puerta tras de sí, bajó la escalera y entró en el aparcamiento. Lauren ya estaba dentro del coche, sentada en el asiento de atrás.

–No sé cómo lo hace, pero es impresionante. ¡Oiga, no será una discípula de Houdini!

–¿De quién?
–Houdini, un ilusionista.
–Está usted muy informado.
–Pase delante, no me he puesto la gorra de chófer.
–Tenga un mínimo de indulgencia. Ya le he dicho que todavía me falta precisión, y después de todo el asiento posterior no está tan mal; hubiera podido aterrizar en el capó, aunque me había concentrado en el interior del coche. Le aseguro que estoy haciendo muchos progresos, y cada vez más deprisa.

Lauren se sentó a su lado y se quedaron en silencio. Ella miraba por la ventanilla mientras Arthur conducía a través de la oscuridad. Él le preguntó cómo debía actuar una vez que llegaran al hospital. Ella le propuso que se hiciera pasar por un primo de México que acababa de enterarse de la noticia y se había pasado todo el día y toda la noche conduciendo. Iba a tomar un avión para Inglaterra a primera hora de la mañana y no regresaría antes de medio año; de ahí la imperiosa necesidad de que se saltaran las reglas y le dieran permiso para ver a su querida prima a pesar de lo tarde que era. Él no creía en absoluto que tuviera pinta de sudamericano y que se fueran a tragar esa bola.

Ella lo encontró muy negativo y sugirió que, si fuera así, volverían al día siguiente. No debía preocuparse. Era más bien la imaginación de ella lo que le preocupaba. El vehículo se adentró en el recinto del complejo hospitalario. Ella le pidió que girara a la derecha y que tomara la segunda calle a la izquierda; luego le indicó que aparcara justo detrás del pino albar. Una vez aparcado el coche, ella le señaló con un dedo el timbre de llamada, advirtiéndole que no lo pulsara mucho rato porque eso les molestaba.

–¿A quién? –preguntó Arthur.

–A las enfermeras, que casi siempre vienen desde la otra punta del pasillo y no van motorizadas. Venga, espabílese.

–Eso quisiera yo.

CAPÍTULO 5

Arthur bajó del automóvil y dio dos timbrazos breves. Acudió a la llamada una mujer bajita, con los ojos enmarcados por unas gafas con montura de pasta. Entreabrió la puerta y preguntó qué quería. Él contó lo mejor que pudo su historia. La enfermera le informó que había un reglamento, que si se habían molestado en hacerlo era sin duda alguna para aplicarlo, y que no tenía más que retrasar su viaje y volver al día siguiente.

Él suplicó, invocó la excepción que confirma la regla, se dispuso a resignarse, con lágrimas en los ojos, y entonces vio que la enfermera cedía y miraba el reloj.

–Tengo que hacer la ronda –dijo–. Sígame sin hacer un solo ruido ni tocar nada, y dentro de quince minutos lo quiero fuera.

Arthur le tomó una mano y se la besó como muestra de agradecimiento.

–¿Son todos así en México? –preguntó la mujer, esbozando una sonrisa.

Lo dejó entrar en el pabellón, invitándolo a acompañarla. Se dirigieron a los ascensores y subieron directamente a la quinta planta.

–Le llevaré a la habitación, haré la ronda y pasaré a buscarlo. No toque nada.

Empujó la puerta de la 505. La habitación estaba sumida en la penumbra. Tendida en la cama, iluminada por una tenue luz, había una mujer que parecía profundamente dormida. Desde la entrada, Arthur no podía distinguir sus rasgos.

–Dejo abierto –dijo la enfermera en voz baja–. Entre, no se despertará, pero lleve cuidado con lo que dice cerca de ella. Con los pacientes que están en coma, nunca se sabe. En cualquier caso, eso es lo que dicen los médicos. Lo que yo digo es otra cosa.

Arthur entró sigilosamente. Lauren estaba de pie junto a la ventana y le pidió que se acercara.

–Venga, hombre, no voy a morderle.

Él no paraba de preguntarse qué hacía allí. Se acercó a la cama y bajó la mirada. El parecido era sorprendente. La mujer inerte estaba más pálida que su doble, que le sonreía, pero aparte de ese detalle sus rasgos eran idénticos.

–Es imposible. ¿Son hermanas gemelas? –preguntó Arthur, dando un paso atrás.

–¡Es usted desesperante! No tengo ninguna hermana. Soy yo, tendida ahí, soy yo misma. Ayúdeme e intente admitir lo inadmisible. No hay ningún truco y no está usted dormido. Arthur, sólo le tengo a usted, ha de creerme, no puede darme la espalda. Necesito su ayuda, es usted la única persona del mundo con quien puedo hablar desde hace meses, el único ser humano que percibe mi presencia y me oye.

–¿Por qué yo?

–No tengo ni la más remota idea. En todo esto no hay nada coherente.

–«Todo esto» es bastante espeluznante.

–¿Cree que yo no tengo miedo?

Sí, tenía miedo para dar y vender. Era su propio cuerpo el que veía marchitarse un poco más cada día, como un vegetal, tendido con una sonda urinaria y una perfusión para ser alimentado. No tenía ninguna respuesta para las preguntas que él hacía y que ella se hacía también todos los días desde el accidente.

–Tengo interrogantes que usted ni imagina.

Con mirada triste, le hizo partícipe de sus dudas y sus miedos.

¿Cuánto tiempo duraría ese enigma? ¿Podría volver a llevar la vida de una mujer normal aunque sólo fuera unos días, caminar, estrechar entre sus brazos a las personas que quería? ¿Para qué servía haber dedicado tantos años a estudiar medicina si iba a acabar así? ¿Cuántos días le quedaban antes de que le fallara el corazón? Se veía morir, y tenía un miedo cerval.

–Soy un fantasma humano, Arthur.

Él bajó la mirada, evitando la suya.

–Para morir hay que irse, y usted sigue aquí. Venga, volvamos a casa, estoy cansado y usted también.

Le pasó un brazo por los hombros y la estrechó contra sí, como para consolarla. Al volverse, se encontró cara a cara con la enfermera, que lo miraba extrañada.

–¿Le ha dado un calambre?

–No. ¿Por qué?

–Como tiene el brazo levantado y la mano cerrada... ¿No es un calambre?

Arthur soltó de golpe a Lauren y dejó caer el brazo a lo largo del cuerpo.

–No la ve, ¿eh? –le dijo a la enfermera.

–¿Que no veo a quién?

–¡No, a nadie!

–¿Quiere descansar un poco antes de irse? Lo noto un poco raro.

La enfermera quiso animarlo: aquello siempre impresionaba, era normal, ya se le pasaría. Arthur contestó hablando muy lentamente, como si hubiera perdido las palabras y estuviera buscándolas.

–No, estoy bien, me voy.

Ella le preguntó, preocupada, si encontraría el camino. Él se rehízo y la tranquilizó: la salida estaba al final del pasillo.

–Entonces le dejo aquí, todavía tengo trabajo en la habitación de al lado. Hay que cambiar las sábanas..., un pequeño accidente.

Arthur se despidió y se alejó por el pasillo. La enfermera lo vio levantar de nuevo el brazo hasta ponerlo en horizontal y mascullar:

–La creo, Lauren, la creo.

Frunció el entrecejo y entró en la habitación contigua. «Está claro que a algunos esto les afecta mucho.» Arthur y Lauren montaron en el ascensor. Él tenía la mirada gacha y no decía nada; ella tampoco. Salieron del hospital. En la bahía soplaba un viento del norte que había llevado consigo una lluvia fina y penetrante. Hacía un tiempo de perros. Él se levantó el cuello del abrigo para protegerse del frío y le abrió la portezuela a Lauren.

–Vamos a olvidarnos de los efectos atraviesaparedes y a poner las cosas en su sitio, por favor.

Lauren entró normalmente en el coche y le sonrió.

Regresaron sin pronunciar palabra. Arthur iba concentrado en la conducción; Lauren miraba las nubes por la ventanilla. Cuando llegaron a la puerta de casa, ella se puso a hablar de nuevo sin apartar la vista del cielo.

–Me gustaba mucho la noche por sus silencios, sus siluetas sin sombra, las miradas que no se ven durante el día. Como si dos mundos compartieran la ciudad sin conocerse, sin imaginar la reciprocidad de la existencia del otro. Montones de seres humanos aparecen al ponerse el sol y desaparecen al amanecer. No se sabe adónde van. Los del hospital éramos los únicos que podíamos conocerlos.

–Es una historia de locos, reconózcalo. Resulta difícil de admitir.

–Sí, pero no por eso vamos a quedarnos aquí y a pasarnos el resto de la noche repitiéndonoslo.

–Pues para lo que queda de noche...

–Aparque. Yo le esperaré arriba.

Arthur dejó el coche en la calle para no despertar a los vecinos con el ruido de la puerta del garaje. Subió la escalera y entró. Lauren estaba sentada en medio del salón, con las piernas cruzadas.

–¿Quería ir al sofá? –le preguntó él, divertido.

–No, quería ir a la alfombra y estoy justo encima.

–Mentirosa. Estoy seguro de que apuntaba al sofá.

–¡Le digo que quería sentarme en la alfombra!

–Es mala perdedora.

–Quería prepararle un té, pero... Debería acostarse, le quedan pocas horas de sueño.

Él le preguntó sobre las circunstancias del accidente. Ella le habló de los caprichos del «viejo inglés», el Triumph al que le tenía tanto apego, del fin de semana en Carmel a principios del verano anterior que había acabado en Union Square. No sabía qué había ocurrido.

–¿Y su novio?

–¿Mi novio?

–¿Iba a verlo?

–Cambie la pregunta –dijo Lauren sonriendo–. Lo que debe preguntar es: «¿Tiene novio?».

–¿Tenía novio? –repitió Arthur.

–Gracias por el imperfecto. Antes o después tenía que pasar.

–No me ha contestado.

–¿De verdad le importa?

–No, lo cierto es que no sé por qué me meto en eso.

Arthur giró sobre sus talones y se dirigió al dormitorio. Invitó de nuevo a Lauren a descansar en la cama; él se instalaría en el salón. Ella le agradeció de nuevo su galantería, pero dijo que estaría perfectamente en el sofá. Él fue a acostarse. Estaba demasiado cansado para pensar en todo lo que implicaba esa noche; ya hablarían al día siguiente. Antes de cerrar la puerta le deseó buenas noches. Entonces ella le pidió un último favor.

–¿Le importaría darme un beso en la mejilla?

Arthur inclinó la cabeza, desconcertado.

–Parece un niño de diez años con esa cara que pone.

Sólo le he pedido que me dé un beso en la mejilla. Hace seis meses que nadie me ha tomado entre sus brazos.

Él volvió sobre sus pasos, se acercó a Lauren, la asió por los hombros y la besó en las mejillas. Ella apoyó la cabeza en su pecho. Arthur se sintió confuso y patoso. Pasó torpemente los brazos alrededor de sus finas caderas y Lauren deslizó la mejilla por su hombro.

–Gracias, Arthur, gracias por todo. Váyase a dormir, debe de estar agotado. Le despertaré dentro de un rato.

Él se fue al dormitorio, se quitó el jersey y la camisa, dejó los vaqueros en una silla y se metió bajo el edredón. El sueño lo invadió a los pocos minutos. Cuando estuvo profundamente dormido, Lauren, que se había quedado en el salón, cerró los ojos, se concentró y aterrizó en equilibrio precario sobre un brazo del sillón, enfrente de la cama. Miró cómo dormía. El rostro de Arthur estaba sereno, con una sonrisa en el nacimiento de los labios. Pasó largos minutos observándolo, hasta que también a ella la invadió el sueño. Era la primera vez que dormía desde el accidente.

Cuando despertó, hacia las diez, él seguía durmiendo profundamente.

–¡Caramba! –exclamó. Se sentó junto a la cama y lo zarandeó–. Despierte, es muy tarde.

Él dio media vuelta:

–Carol-Ann, no tan fuerte... –masculló.

–¡Qué amable, pero qué amable! Vamos, despierte, no soy Carol-Ann y son las diez y cinco.

Arthur fue despegando los párpados poco a poco; luego los abrió de golpe y se sentó en la cama.

–¿Es decepcionante la comparación? –preguntó Lauren.

–Está usted aquí. Entonces, ¿no ha sido un sueño?

–Podría haberse ahorrado esa pregunta, la cosa está clara. Debería darse prisa, son las diez pasadas.

–¿Cómo? –gritó él–. ¿No iba a despertarme?

–No estoy sorda, no sé Carol-Ann… Lo siento, me he dormido. No me había pasado desde que estoy en el hospital y esperaba celebrarlo con usted, pero ya veo que no está de humor. Vaya a arreglarse.

–Oiga, no hace falta que utilice ese tono burlón. Me ha hecho polvo la noche y ahora quiere machacarme la mañana. ¡Por favor!

–Compruebo que es usted muy amable por las mañanas –dijo Lauren en tono irónico–, pero lo cierto es que me gusta más cuando duerme.

–¿Está haciéndome una escena?

–No remolonee y vaya a vestirse; todavía tendré yo la culpa de que llegue tarde…

–Pues claro que tiene usted la culpa, y si no le importa, tenga la amabilidad de salir, porque voy desnudo.

–¿Ahora se ha vuelto púdico?

Él le rogó que le ahorrara una escena matrimonial nada más levantarse y tuvo la desafortunada ocurrencia de terminar la frase con un «porque si no...».

–¡«Si no» son dos palabras que casi siempre están de más! –le espetó ella, antes de desearle en un tono ácido que tuviera un buen día y desaparecer súbitamente.

Arthur miró a su alrededor, dudó unos instantes y luego dijo:

–¿Lauren?... Ya vale, sé que está aquí.

No obtuvo respuesta y se sintió decepcionado. Se duchó a toda velocidad. Al salir, repitió el ejercicio del armario y, ante la falta de reacción, se puso un traje. Tuvo que hacerse tres veces el nudo de la corbata.

–¡Qué torpe estoy esta mañana! –mascullló.

Una vez vestido, fue a la cocina y revolvió los objetos que había sobre el mostrador en busca de las llaves, pero las llevaba en un bolsillo. Salió de casa precipitadamente, se detuvo en seco, dio media vuelta y abrió la puerta de nuevo.

–Lauren, ¿todavía no ha vuelto?

Tras unos segundos de silencio, cerró con llave. Bajó directamente al aparcamiento por la escalera interior, buscó el coche, recordó que lo había dejado fuera, volvió a recorrer el pasillo corriendo y finalmente llegó a la calle. Al levantar la vista, vio a su vecino que lo miraba con perplejidad. Le dirigió una sonrisa forzada, introdujo torpemente la llave en la cerradura de la portezuela, se sentó al volante, puso el coche en marcha y salió disparado.

Cuando llegó al estudio, su socio, que estaba en el vestíbulo, meneó varias veces la cabeza al verlo e hizo una mueca.

–Creo que deberías tomarte unos días de vacaciones –dijo.

–Ocúpate de lo tuyo y no me jodas la mañana, Paul.

–¡Vaya, qué amable!

–¡No irás a empezar tú también!

–¿Has visto a Carol-Ann?

–No, no he visto a Carol-Ann. He acabado con Carol-Ann, lo sabes perfectamente.

–Para que estés así, sólo hay dos explicaciones: o Carol-Ann, o una nueva.

–No, no hay ninguna nueva. Y aparta, que voy con retraso.

–No sin que sueltes prenda, sólo son las once menos cuarto. ¿Cómo se llama?

–¿Quién?

–¿Te has visto la cara?

–¿Qué le pasa a mi cara?

–Has debido de pasar la noche con un carro de combate. ¡Vamos, cuéntamelo todo!

–Pero si no tengo nada que contar...

–¿Y tu llamada de anoche con todas esas tonterías...? ¿Con quién estabas?

Arthur miró desafiante a su socio.

–Oye, anoche comí una porquería, apenas he dormido y he tenido una pesadilla. Por favor, no estoy de humor, así que déjame pasar, se me hace tarde de verdad.

Paul se apartó, pero cuando Arthur pasó por su lado le puso una mano sobre el hombro.

–Soy tu amigo, ¿verdad? –Arthur se dio la vuelta y él añadió–: Si tuvieras problemas, ¿me los contarías?

–Pero ¿se puede saber qué te ha dado? He dormido mal esta noche, eso es todo, no hagas una montaña de un grano de arena.

–Vale, vale... La reunión es a la una y hemos quedado arriba de todo del Hyatt Embarcadero. Si quieres, vamos juntos; después volveré al estudio.

–No, iré en mi coche. Después tengo una cita.

–Como quieras.

Arthur entró en su despacho, dejó la cartera y se sentó. Después llamó a su secretaria, le pidió un café, hizo girar el sillón hasta quedar frente a la ventana, se inclinó hacia atrás y se puso a pensar.

Unos instantes más tarde, Maureen entró en el despacho, con un portafirmas en una mano y un plato con un donut y una taza en el otro. Dejó el brebaje caliente en una esquina de la mesa.

–Le he puesto leche porque he pensado que es el primero de la mañana.

–Gracias. Maureen, ¿qué le pasa a mi cara?

–Parece decir: «Todavía no me he tomado el primer café de la mañana».

–¡Es que todavía no me he tomado el primer café de la mañana!

–Tiene algunos mensajes. Desayune tranquilamente, no hay nada urgente. Le dejo algunas cartas para firmar. ¿Se encuentra bien?

–Sí, me encuentro bien. Sólo estoy cansado.

En ese preciso instante, Lauren apareció en la estancia esquivando por los pelos la mesa y desapareciendo inmediatamente del campo de visión de Arthur al caer sobre la alfombra. Éste se levantó de un salto.

–¿Se ha hecho daño?

–No, no, estoy bien –contestó Lauren.

–¿Por qué iba a hacerme daño? –preguntó Maureen.

–No, usted no –repuso Arthur.

Maureen recorrió la estancia con la mirada.

–No somos muchos aquí.

–Pensaba en voz alta.

–¿Pensaba en voz alta que yo me había hecho daño?

–No, estaba pensando en otra persona y me he expresado en voz alta, ¿a usted no le pasa nunca?

Lauren se había sentado con las piernas cruzadas en una esquina de la mesa y decidió increpar a Arthur.

–¡No hace falta que me compare con una pesadilla! –le espetó.

–Pero si yo no la he llamado pesadilla...

–Sólo faltaría eso –intervino Maureen–. No encontrará pesadillas que le preparen café, puede estar seguro.

–¡Maureen, no estoy hablando con usted!

–¿Hay un fantasma en la habitación o padezco de ceguera parcial y estoy perdiéndome algo?

–Perdone, Maureen, esto es ridículo, yo soy ridículo... Estoy agotado y hablo en voz alta; tengo la cabeza en otra parte.

Maureen le preguntó si había oído hablar de la depresión provocada por el estrés.

–¿Sabe que hay que reaccionar en cuanto aparecen los primeros síntomas? De lo contrario, uno puede tardar meses en recuperarse.

–Maureen, yo no tengo ninguna depresión causada por el estrés. He pasado una mala noche, eso es todo.

–¿Lo ve? –intervino Lauren–. Mala noche, pesadilla...

–Basta, por favor, esto no puede ser, concédame un minuto.

–¡Pero si yo no he dicho nada! –replicó Maureen.

–Maureen, déjeme solo, tengo que concentrarme. Haré un poco de relajación y ya está.

–¿Va a hacer relajación? Me preocupa, Arthur, me preocupa mucho.

–No tiene por qué preocuparse, estoy bien.

Le rogó que lo dejara solo y que no le pasara ninguna llamada; necesitaba tranquilidad. Maureen salió del despacho a regañadientes y cerró la puerta. En el pasillo se cruzó con Paul y le dijo que le gustaría hablar con él un momento en privado.

Una vez solo en su despacho, Arthur clavó la mirada en Lauren.

–No puede aparecer así, de improviso. Va a ponerme en situaciones muy comprometidas.

–Quería disculparme por lo de esta mañana. Me he puesto insoportable.

–La culpa ha sido mía. Estaba de un humor de perros.

–No nos pasemos la mañana pidiéndonos perdón. Tenía ganas de hablar con usted.

Paul entró sin llamar.

–¿Puedo decirte dos palabras?

–Es lo que estás haciendo.

–Acabo de hablar con Maureen. ¿Qué te pasa?

–¿Queréis dejarme en paz de una vez? Si uno llega un día tarde y cansado no es como para que le diagnostiquen una depresión.

–Yo no he dicho que tengas una depresión.

–No, pero Maureen me lo ha dado a entender. Al parecer, esta mañana tengo una cara de alucine.

–De alucine, no, de alucinado.

–Es que estoy alucinado, chico.

–¿Por qué? ¿Has conocido a alguien?

Arthur abrió los brazos e hizo un signo afirmativo con expresión pícara.

–¿Lo ves como no puedes ocultarme nada? Estaba seguro. ¿La conozco?

–No, es imposible.

–Bueno, cuéntame. ¿Quién es? ¿Cuándo la has conocido?

–Va a ser complicado... porque es un espectro. En mi apartamento hay una aparición, lo descubrí anoche por casualidad. Se trata de una mujer fantasma que vive en el armario de mi casa. He pasado la noche con ella, pero todo ha sido muy casto, no vayas a creer..., como fantasma es muy guapa, pero... –imitó a un monstruo–. No, en serio, es realmente una aparición bellísima... Aunque, bien pensado, no es una aparición, porque no ha llegado a irse, lo que explicaría lo del atractivo... En fin, ¿lo ves más claro ahora?

Paul dirigió a su amigo una mirada compasiva.

–Está bien, te llevaré a un médico.

–Nada de médicos, Paul, estoy perfectamente. –Y dirigiéndose a Lauren, añadió–: No va a ser fácil.

–¿Qué es lo que no va a ser fácil? –preguntó Paul.

–No hablaba contigo.

–Ya, le hablabas al fantasma. ¿Está aquí, en esta habitación?

Arthur le recordó que se trataba de una mujer y le informó que estaba sentada justo a su lado, en una esquina de la mesa. Paul lo miró, pensativo, y pasó muy lentamente la palma de la mano por la mesa de su socio.

–Oye, ya sé que me he pasado muchas veces con mis bromas, pero ahora eres tú el que me asustas a mí, Arthur. Tú no te ves, pero tienes cara de estar ido.

–Estoy cansado, he dormido poco y seguramente tengo mala cara, pero por dentro estoy en plena forma. Te aseguro que no me pasa nada.

–¿No te pasa nada por dentro? Pues por fuera estás hecho polvo. ¿Qué tal los lados?

–Paul, déjame trabajar. Eres mi amigo, no mi psiquiatra. Además, no tengo psiquiatra; no lo necesito.

Paul le pidió que no fuera a la reunión que tenían un rato más tarde para firmar un contrato. Conseguiría que lo perdieran.

–Creo que no te das cuenta de tu estado. Das miedo.

Arthur se levantó mosqueado, agarró la cartera y se dirigió hacia la puerta.

–De acuerdo, doy miedo, tengo cara de alucinado, así que me voy a mi casa. Aparta, déjame salir. ¡Vámonos, Lauren!

–Eres un genio, Arthur, tu representación es increíble.

–No estoy haciendo ninguna representación, Paul. Lo que pasa es que tú tienes una mente demasiado..., ¿cómo lo diría?..., una mente demasiado convencional para imaginar lo que estoy viviendo. No te culpo, desde luego; la verdad es que yo he evolucionado mucho en ese sentido desde anoche.

–Pero ¿te das cuenta de qué historia me has contado? ¡Es sensacional!

–Sí, tú lo has dicho. Oye, no te preocupes por nada. Me parece perfecto que vayas a la firma solo. Realmente he dormido poco, así que me voy a descansar. Te lo agradezco. Vendré mañana y todo irá mucho mejor.

Paul lo invitó a tomarse unos días libres, por lo menos hasta el fin de semana; una mudanza siempre resulta agotadora. Le ofreció sus servicios durante el fin de semana por si necesitaba algo, fuera lo que fuera. Arthur le dio las gracias con ironía, salió del estudio y bajó la escalera. Al salir del edificio, buscó a Lauren en la acera.

–¿Está aquí?

Lauren apareció sentada sobre el capó de su coche.

–Le estoy creando un montón de problemas, lo siento muchísimo.

–No, no lo sienta. Después de todo, no hago esto desde hace la tira de tiempo.

–¿El qué?

–Novillos. ¡Todo un día laborable sin dar golpe!

Desde la ventana, Paul, con el entrecejo fruncido, miraba a su socio hablar solo por la calle, abrir sin ninguna razón la portezuela del lado del acompañante y cerrarla de inmediato, dar la vuelta al coche y sentarse al volante. Aquello lo convenció de que su mejor amigo sufría una depresión causada por el estrés o que había tenido una conmoción cerebral.

Arthur, instalado en su asiento, apoyó las manos en el volante y suspiró. Luego miró fijamente a Lauren, sonriendo en silencio. Ella, sintiéndose violenta, le devolvió la sonrisa.

–Es irritante que lo tomen a uno por loco, ¿verdad? ¡Y gracias que a usted no lo han tratado de puta!

–¿Por qué? ¿Ha sido confusa mi explicación?

–No, en absoluto. ¿Adónde vamos?

–A tomar un buen desayuno. Y mientras, usted me lo contará todo con detalle.

Paul seguía vigilando desde la ventana del despacho a su amigo, metido en el coche que tenía aparcado delante de la puerta del edificio. Cuando lo vio hablar solo, dirigiéndose a un personaje invisible e imaginario, decidió llamarlo al teléfono móvil.

En cuanto Arthur contestó, le pidió que no se marchara, que bajaba de inmediato, que tenía que hablar con él.

–¿De qué? –preguntó Arthur.

–¡Para eso voy a bajar!

Paul se precipitó escaleras abajo, cruzó el patio y, al llegar ante el automóvil, abrió la puerta del conductor y se sentó prácticamente sobre las rodillas de su mejor amigo.

–¡Córrete!

–¡Pero sube por el otro lado, zoquete!

–¿Te importa que conduzca yo?

–No entiendo nada. ¿Vamos a hablar, o a ir a algún sitio?

–Las dos cosas. Venga, cambia de asiento.

Paul empujó a Arthur, se puso al volante e hizo girar la llave de contacto. El coche se alejó de la zona de aparcamiento. Al llegar al primer cruce, frenó bruscamente.

–Una cuestión previa: ¿tu fantasma va en el coche con nosotros en este momento?

–Sí. En vista de tu caballerosa forma de entrar, se ha sentado en el asiento posterior.

Paul abrió entonces la puerta de su lado, bajó del coche e inclinó el respaldo del asiento.

–Sé bueno –le dijo a Arthur–, pídele a Casper que se baje y nos deje solos. Necesito mantener una conversación contigo en privado. ¡Ya os veréis en tu casa!

Lauren apareció en la ventanilla del lado del acompañante.

–Ven a buscarme a North-Point –dijo–, voy a pasear por allí. Oye, si es muy complicado, no hace falta que le digas la verdad. No quiero ponerte en una situación comprometida.

–Es mi socio y mi amigo, no puedo mentirle.

–¡Adelante, habla de mí con la guantera! –repuso Paul–. Anoche, sin ir más lejos, yo abrí la nevera y, al ver que había luz, entré y me pasé media hora hablando de ti con la mantequilla y una lechuga.

–¡No estoy hablando de ti con la guantera sino con ella!

–¡Muy bien, pues pídele a lady Casper que vaya a plancharse la sábana para que nosotros podamos hablar un poco!

Lauren desapareció.

–¿Se ha ido ya el fantasma? –preguntó Paul, un poco nervioso.

–¡No es «el», es «la»! Sí, se ha marchado. ¡Qué grosero eres! ¿A qué juegas?

–¿Que a qué juego? –respondió Paul, haciendo una mueca. Volvió a arrancar–. A nada. Quería que estuviéramos solos, simplemente; tengo que hablarte de cosas personales.

–¿De qué cosas?

–De los efectos secundarios que a veces aparecen varios meses después de haberse separado.

Paul soltó un rollo interminable: Carol-Ann no estaba hecha para él; en su opinión, esa mujer le había hecho sufrir mucho para nada y, además, no valía la pena; no era más que una desgraciada; apeló a su honradez para que reconociese que Carol-Ann no merecía que él viviera en el estado en que había vivido desde su separación; desde Karine, nunca había estado tan hundido. En el caso de Karine, lo entendía, pero en el de Carol-Ann, francamente...

Arthur le señaló que en la época de la famosa Karine tenían diecinueve años, y además él nunca había flirteado con ella. ¡Llevaba veinte años hablándole de aquella chica, simplemente porque la había visto primero! Paul negó haberla mencionado siquiera.

–¡Como mínimo, dos o tres veces al año! –replicó Arthur–. Yo la tengo metida en el baúl de los recuerdos. ¡Ni siquiera consigo acordarme de su cara!

Paul comenzó a gesticular, súbitamente exasperado.

–Pero ¿por qué no has querido decirme nunca la verdad? Confiésalo, cabezota, reconoce que saliste con ella. ¡Puesto que hace veinte años, como bien dices, ya ha prescrito!

–¡Me estás hartando, Paul! Supongo que no habrás bajado corriendo del despacho ni estaremos cruzando la ciudad porque de repente te han entrado ganas de hablarme de Karine Lowenski... Y por cierto, ¿adónde vamos?

–¡No te acuerdas de su cara, pero no has olvidado su apellido!

–¿Era ésa la cosa tan importante de la que querías hablarme?

–No, quiero hablarte de Carol-Ann.

–¿Por qué quieres hablarme de ella? Es la tercera vez que la sacas a relucir desde esta mañana. No he vuelto a verla y no nos hemos telefoneado. Si estás preocupado por eso, no merece la pena que vayamos con mi coche hasta Los Ángeles, porque, no es por nada, pero acabamos de atravesar el puerto y estamos ya en South-Market. ¿Qué pasa? ¿Te ha invitado a cenar?

–¿Cómo se te puede ocurrir que quiera cenar con Carol-Ann? En la época en la que estabais juntos ya me costaba hacerlo, y eso que tú estabas a la mesa...

–Entonces, ¿de qué se trata? ¿Por qué me haces atravesar media ciudad?

–Por nada, para que hablemos.

–¿De qué?

–¡De ti!

Paul giró a la izquierda y entró en el aparcamiento de un gran edificio de cuatro pisos con las paredes recubiertas de azulejos blancos.

–Paul, sé que esto va a parecerte una cosa de locos, pero de verdad que he conocido a un fantasma...

–Arthur, sé que esto va a parecerte una cosa de locos... pero voy a llevarte de verdad a que te hagan una revisión médica.

Arthur volvió bruscamente la cabeza y miró el frontispicio que adornaba la fachada delantera del inmueble.

–¿Me has traído a una clínica? ¿Va en serio? ¿Es que no me crees?

–¡Claro que te creo! Y te creeré todavía más cuando te hayan hecho un escáner.

–¿Quieres que me hagan un escáner?

–Escúchame bien, calamidad. Si yo llego un día al estudio con cara de haber estado un mes embutido en una escalera mecánica, monto en cólera cuando habitualmente nunca pierdo los estribos, me ves desde la ventana andando por la acera con un brazo levantado formando un ángulo de noventa grados, después abrirle la portezuela del coche a un pasajero que no existe, y no contento con el efecto provocado, sigo hablando y gesticulando dentro del coche como si me dirigiera a alguien pero sin que haya nadie, nadie de nadie, y la única explicación que te doy es que acabo de conocer a un fantasma, espero que en ese caso estés tan preocupado por mí como yo lo estoy por ti en estos momentos.

Arthur esbozó una sonrisa.

–Cuando la vi en el armario, creí que se trataba de una broma tuya.

–Acompáñame. Necesito tranquilizarme.

Arthur se dejó llevar del brazo hasta el vestíbulo de la clínica. La recepcionista los siguió con la mirada. Paul instaló a Arthur en una silla y le ordenó que no se moviera. Se comportaba con él como si se tratara de un niño travieso que fuera a desaparecer de su vista en cualquier momento. Luego se acercó al mostrador y abordó a la joven.

–¡Es una urgencia! –dijo elevando la voz y modulando exageradamente para que quedara bien claro.

–¿De qué tipo? –preguntó ella en los mismos términos aunque con cierta impertinencia en la voz, mientras que el tono que Paul había empleado revelaba claramente su impaciencia y su nerviosismo.

–¡Del tipo que está sentado allí, en aquel sillón!

–Le estoy preguntando de qué naturaleza es la urgencia.

–Traumatismo craneal.

–¿Cómo ha ocurrido?

–El amor es ciego y no para de darle bastonazos en la cabeza y, claro, al final eso acaba por destrozarlo.

A ella le pareció una réplica muy ingeniosa, aunque no estaba segura de haberla entendido del todo. Sin cita y sin prescripción, no podía hacer nada por él. Lo sentía mucho.

–Espere para sentirlo.

Lo sentiría cuando él hubiera acabado de hablar, anunció Paul, antes de preguntar con voz autoritaria si esa clínica era la del doctor Bresnik. La recepcionista asintió con la cabeza. Él le explicó en el mismo tono que en el seno de ese establecimiento era donde los sesenta colaboradores de su estudio de arquitectura se hacían un reconocimiento médico anual, traían sus hijos al mundo, y llevaban a sus retoños a que los vacunaran y les curaran resfriados, gripes, anginas y otras porquerías.

Sin hacer ninguna pausa, siguió explicándole que todos esos amables pacientes y, sin embargo, clientes de esa institución médica, dependían del energúmeno que tenía delante, así como del señor que estaba sentado con aire de desamparo en el sillón de enfrente.

–Así que, señorita, o el doctor Bresloquesea se ocupa de mi socio ahora mismo, o le aseguro que ni uno solo de ellos vuelve a pisar el felpudo de su suntuosa clínica ni siquiera para que le pongan un parche.

Una hora más tarde, Arthur, acompañado de Paul, empezaba a someterse a un chequeo completo. Después de un electrocardiograma realizado en estado de actividad (le hicieron pedalear en una bicicleta estática con montones de electrodos pegados al pecho), le sacaron sangre. Un médico le hizo después unos tests neurológicos (le pidieron que levantara una pierna –con los ojos abiertos y con los ojos cerrados–, le golpearon con un martillito en los codos, las rodillas y la barbilla, y hasta le arañaron la planta de los pies con una aguja). Por último, presionados por Paul, aceptaron hacerle un escáner. La sala donde se llevaba a cabo estaba dividida por un tabique de cristal. En un lado se encontraba la impresionante máquina cilíndrica, hueca en el centro para permitir la entrada total del paciente (por eso se la comparaba con un gigantesco sarcófago); en el otro lado había montones de tableros de mandos y monitores unidos por gruesos haces de cables negros. Arthur se tumbó sobre una estrecha plataforma cubierta con una sábana blanca y lo sujetaron con correas a la altura de la cabeza y de las caderas; a continuación, el doctor pulsó un botón para introducirlo en el aparato. El espacio que había entre su piel y las paredes del tubo era tan sólo de unos pocos centímetros; no podía moverse. Le habían advertido que quizá sintiera una intensa sensación de claustrofobia.

Permanecería completamente solo mientras durara la prueba, pero podría comunicarse en todo momento con Paul y el médico, instalados al otro lado del tabique de cristal. La cavidad en la que se encontraba encerrado estaba provista de dos altavoces. Se podía hablar con él desde la sala de control. Apretando la pequeña pera de plástico que le habían puesto en una mano, activaría un micrófono y podría hacerse oír. Cerraron la puerta y la máquina comenzó a emitir una serie de sonidos.

–¿Es insoportable lo que está sintiendo? –preguntó Paul con aire divertido.

El doctor le explicó que era bastante desagradable. Muchos pacientes claustrofóbicos no soportaban la prueba y lo obligaban a interrumpirla.

–No es nada dolorosa, pero desde el punto de vista nervioso resulta difícil por el confinamiento del paciente y el ruido de la máquina.

–¿Y se puede hablar con él?

Podía dirigirse a su amigo pulsando el botón amarillo

que tenía al lado. El doctor precisó que era preferible hacerlo cuando el escáner no emitía sonidos, pues, de lo contrario, el movimiento de la mandíbula al responder podía hacer que los negativos quedaran borrosos.

–¿Y ahí ve usted el interior de su cerebro?

–Sí.

–¿Y qué se descubre?

–Todo tipo de anomalías. Un aneurisma, por ejemplo...

Sonó el teléfono y el doctor descolgó el aparato. Tras unos segundos de conversación, se disculpó ante Paul. Debía ausentarse un momento.

Le indicó que no tocara nada, que todo era automático, y le dijo que regresaría enseguida.

Cuando el médico hubo salido, Paul miró a su amigo a través del cristal, y una extraña sonrisa afloró a sus labios. Dirigió la mirada hacia el botón amarillo del micrófono. Vaciló un instante y luego lo pulsó.

–Arthur, soy yo. El médico ha tenido que salir, pero no te preocupes, yo estoy aquí para controlar que todo vaya bien. Es increíble la cantidad de botones que hay en este sitio. Parece que estés en la cabina de un avión. Y soy yo quien conduce la nave, porque el piloto ha saltado en paracaídas. Bueno, tío, ¿vas a desembuchar ahora? No saliste con Karine, de acuerdo, pero sí que te acostaste con ella, ¿verdad?

Cuando entraron en el aparcamiento de la clínica, Arthur llevaba bajo el brazo una decena de sobres de papel kraft llenos de informes y resultados de pruebas, todos absolutamente normales.

–¿Me crees ahora? –preguntó Arthur.

–Déjame en el estudio y vete a descansar, como habíamos quedado.

–Estás eludiendo mi pregunta. ¿Me crees ahora que sabes que no tengo un tumor en la cabeza?

–Vete a descansar... Todo esto puede ser consecuencia del estrés.

–Paul, yo me he prestado a tu juego del chequeo, así que préstate tú también al mío.

–No creo que tu juego me vaya a parecer divertido. Hablaremos de eso más tarde. Tengo que ir directamente a la reunión; tomaré un taxi. Te llamaré más tarde.

Paul lo dejó solo en el coche. Arthur se alejó de allí en dirección a North-Point. En el fondo empezaba a gustarle aquella historia, su heroína y las situaciones que sin duda provocaría.

CAPÍTULO

6

El restaurante para turistas se encontraba en lo alto del acantilado, justo delante del Pacífico. El comedor estaba casi lleno, y encima de la barra había dos televisores para que los comensales pudieran seguir sendos partidos de béisbol. Las apuestas iban que volaban. Ellos estaban sentados a una de las mesas situadas detrás del ventanal.

Arthur se disponía a pedir un cabernet-sauvignon cuando notó que ella lo acariciaba con el pie desnudo, al tiempo que le dedicaba una sonrisa de victoria y una mirada maliciosa. Repuesto del estremecimiento y respondiendo a la provocación, él la asió del tobillo y subió la mano por la pierna.

–¡Yo también la siento!

–Quería estar segura.

–Pues puede estarlo.

La camarera que estaba tomándole nota, le preguntó haciendo una mueca de perplejidad:

–¿Qué es lo que siente?

–Nada, no siento nada.

–Acaba de decir «yo también la siento».

–¡Está tirado! Puedo conseguir que me encierren simplemente haciendo lo que hago –dijo Arthur dirigiéndose a Lauren, que exhibía una sonrisa radiante.

–Probablemente es lo mejor que podría hacer –repuso la camarera, encogiéndose de hombros y girando sobre sus talones.

–¿Le importa tomarme nota? –dijo Arthur.

–Ahora le mando a Bob, para comprobar si también lo siente.

Al cabo de unos minutos se acercó Bob, casi más femenino que su compañera. Arthur pidió dos huevos revueltos con salmón y un zumo de tomate sazonado. Esta vez esperó a que el camarero se alejase para preguntarle a Lauren sobre su soledad en los últimos seis meses.

Bob, de pie en medio de la sala, lo miraba hablar solo con cara de consternación. Al poco de iniciada la conversación, Lauren interrumpió a Arthur a media frase y le preguntó si tenía un teléfono móvil. Él, sin comprender la relación, asintió con la cabeza.

–Tome el aparato y haga como que está hablando con alguien; si no, van a encerrarlo de verdad.

Arthur se volvió y pudo comprobar que varios clientes lo estaban observando, algunos casi molestos por la presencia de aquel individuo que le hablaba al vacío. Sacó el móvil, simuló que marcaba un número y pronunció un «¡Oiga!» en voz bien alta. La gente siguió mirándolo unos segundos y, al ver que la situación adquiría un aire de normalidad, se puso a comer de nuevo sin prestarle atención. Arthur volvió a hacerle la pregunta a Lauren con el teléfono al oído. Los primeros días su transparencia le había resultado algo divertido. Le describió la sensación de libertad absoluta que había experimentado al principio de la aventura. Ya no tenía que pensar en cómo vestirse y peinarse, en si tenía buena o mala cara, en su figura..., nadie la miraba. Ya no tenía ni obligaciones ni jefes, no necesitaba hacer cola, pasaba delante de todo el mundo sin molestar a nadie, nadie la juzgaba por su comportamiento. Ya no hacía falta que fingiera discreción, podía escuchar las conversaciones de unos y otros, ver lo invisible, oír lo inaudible, estar donde no tenía derecho a estar..., nadie la oía.

–Podía aparecer en el despacho oval y escuchar todos los secretos de Estado, sentarme sobre las rodillas de Richard Gere o ducharme con Tom Cruise.

Todo o casi todo era posible para ella: visitar los museos cuando están cerrados, entrar en los cines sin pagar, dormir en palacios, subir a un avión de caza, asistir a las intervenciones quirúrgicas más complicadas, visitar en secreto los laboratorios de investigación, caminar sobre los pilares del Golden Gate. Arthur, con la oreja pegada al móvil, sintió curiosidad por saber si había intentado realizar alguna de esas experiencias.

–No. Tengo vértigo, me dan miedo los aviones, Washington está demasiado lejos y no sé trasladarme a tanta distancia. Ayer dormí por primera vez, así que los palacios no me sirven de nada, y en cuanto a las tiendas, ¿de qué sirven cuando no se puede tocar nada?

–¿Y Richard Gere y Tom Cruise?

–¡Ocurre lo mismo que con las tiendas!

Le confesó con gran sinceridad que ser un fantasma no era nada divertido. Lo encontraba más bien patético. Todo es accesible pero, al mismo tiempo, todo es imposible. Echaba de menos a la gente que quería. No podía establecer contacto con ellos.

–Ya no existo. Puedo verlos, pero me causa más dolor que placer. Quizás el purgatorio sea esto, una soledad eterna.

–¿Cree en Dios?

–No, pero en mi situación se tiene cierta tendencia a cuestionar lo que se cree y lo que no se cree. Tampoco creía en los fantasmas.

–Yo tampoco creo –dijo Arthur.

–¿No cree en los fantasmas?

–Usted no es un fantasma.

–¿De verdad?

–No está muerta, Lauren. Su corazón late en un sitio y su espíritu vive en otro. Se han separado momentáneamente, eso es todo. Simplemente hay que averiguar por qué y cómo reunirlos de nuevo.

–Desde ese punto de vista, se habrá percatado de que se trata de un divorcio con graves consecuencias.

Era un fenómeno que escapaba a su comprensión, pero Arthur no tenía intención de limitarse a constatar tal cosa. Sin soltar el teléfono, insistió en su voluntad de comprender; era preciso buscar y encontrar el modo de permitirle reincorporarse a su cuerpo, y era preciso también que saliera del coma, pues los dos fenómenos estaban ligados, añadió.

–Perdone, pero creo que acaba de dar un gran paso en sus investigaciones.

Él hizo caso omiso de su sarcasmo y le propuso volver a casa e iniciar una serie de búsquedas en Internet. Quería recopilar todo lo relacionado con el coma: estudios científicos, informes médicos, bibliografía, historiales y testimonios, sobre todo los que exponían casos de comas largos cuyos pacientes se habían recuperado.

–Tenemos que localizarlos e ir a hablar con ellos. Sus testimonios pueden ser muy importantes.

–¿Por qué hace esto?

–Porque no tiene usted elección.

–Conteste a mi pregunta. ¿Se da cuenta de las implicaciones personales de lo que quiere hacer, del tiempo que va a ocuparle? Usted tiene trabajo, obligaciones...

–Es usted una mujer muy contradictoria.

–No, soy lúcida. ¿No es consciente de que todo el mundo ha estado mirándolo de reojo porque se ha pasado diez minutos hablando solo? ¿Sabe que la próxima vez que venga a este restaurante le dirán que está completo porque a la gente no le gusta la diferencia, porque un tipo que habla en voz alta y gesticula mientras come solo resulta molesto?

–Hay más de mil restaurantes en la ciudad; eso deja bastante margen.

–Arthur, es usted un caballero, un auténtico caballero, pero no es realista.

–Sin ánimo de ofenderla, creo que en la situación actual usted me gana de calle en irrealidad.

–No juegue con las palabras, Arthur. No me haga promesas a la ligera. Jamás podrá resolver un enigma como éste.

–¡Yo nunca hago promesas vanas! ¡Y no soy un caballero!

–No me haga abrigar falsas esperanzas. Porque no tendrá tiempo, simplemente.

–Me horroriza hacer esto en un restaurante, pero usted me obliga. Perdone un momento.

Arthur hizo como si colgara, la miró fijamente, descolgó de verdad y marcó el número de su socio. Le agradeció el tiempo que le había dedicado esa misma mañana y su atención. Lo tranquilizó con unas frases sensatas y dijo que, efectivamente, estaba muy estresado y que era mejor para la empresa que descansara unos días. Le dio alguna información específica sobre los proyectos en curso y le indicó que Maureen estaría a su disposición. De cualquier modo, como estaba demasiado cansado para ir a ningún sitio, se quedaría en casa, así que podrían llamarlo en caso necesario.

–Ya está. Ahora estoy libre de toda obligación profesional y le propongo que empecemos a buscar de inmediato.

–No sé qué decir.

–Empiece por ayudarme con sus conocimientos médicos.

Bob llevó la cuenta y se quedó mirando a Arthur. Éste abrió lo ojos como platos, hizo una mueca horrible, sacó la lengua y se levantó de un salto. Bob dio un paso atrás.

–Esperaba algo mejor de usted, Bob, me siento muy decepcionado. Vamos, Lauren, este sitio no es digno de nosotros.

En el coche, mientras se dirigían a casa, Arthur le expuso a Lauren el método de trabajo que a su parecer había que seguir. Intercambiaron puntos de vista y trazaron de común acuerdo un plan de ataque.

CAPÍTULO
7

Una vez en casa, Arthur se instaló tras su mesa de trabajo. Conectó el ordenador y entró en Internet. Las «autopistas informáticas» le permitían acceder instantáneamente a cientos de bases de datos sobre el tema que lo ocupaba. Había formulado una petición en un buscador tecleando simplemente la palabra «coma» en la casilla correspondiente, y la red le había propuesto varias direcciones de *sites* que contenían publicaciones, testimonios, ensayos y conversaciones sobre el tema. Lauren se situó junto a la mesa.

En primer lugar se conectaron al servidor del Memorial Hospital, sección de Neuropatología y Traumatología Cerebral. Una reciente publicación del profesor Silverstone sobre los traumatismos craneales les permitió acceder a la clasificación de los diferentes tipos de coma según la escala de Glasgow: mediante tres números se indicaba la reactividad a los estímulos visuales, auditivos y sensitivos. Lauren entraba en la categoría 1.1.2, que correspondía a un coma en fase 4. Un servidor los envió a otra biblioteca de datos donde aparecían campos de análisis estadísticos sobre las evoluciones de los pacientes en cada familia de coma. Nadie había regresado jamás de un viaje en «cuarta»...

Infinidad de diagramas, cortes axonométricos, dibujos, informes de síntesis y fuentes bibliográficas fueron cargados en el ordenador de Arthur y luego imprimidos. En total, casi setecientas páginas de información clasificada, seleccionada y relacionada por centros de interés.

Arthur encargó una pizza y dos cervezas y dijo que lo único que había que hacer era leer. Lauren le preguntó de nuevo por qué hacía todo aquello.

–Porque se lo debo a alguien que en muy poco tiempo me ha enseñado muchas cosas, y especialmente una: el sabor de la felicidad. Todos los sueños tienen un precio.

Inmediatamente reanudó la lectura, anotando lo que no entendía, es decir, casi todo. A medida que avanzaban, Lauren le explicaba los términos y razonamientos médicos.

Arthur puso una gran hoja de papel sobre la mesa de trabajo y empezó a redactar los resúmenes de las notas que había tomado. Clasificaba la información por grupos y relacionaba éstos entre sí. De este modo se formó poco a poco un gigantesco diagrama, que continuó en una segunda hoja donde los razonamientos se mezclaban con conclusiones.

Dedicaron dos días y dos noches a intentar comprender, a buscar la clave del enigma que tenían ante sí.

Dos días y dos noches para llegar a la conclusión de

que el coma seguía y seguiría siendo, durante bastantes años, una zona muy oscura en la que el cuerpo vive divorciado del espíritu que lo anima y le da un alma. Exhausto, con los ojos enrojecidos, Arthur se durmió en el suelo; Lauren, sentada tras la mesa de trabajo, miraba el diagrama recorriendo las flechas con la yema del índice y observando, no sin sorpresa, que la hoja se ondulaba bajo el dedo.

Se agachó junto a Arthur, frotó la palma de la mano contra la moqueta y después se la pasó por el antebrazo, cuyo vello se erizó. Entonces esbozó una sonrisa, le acarició el pelo y se tumbó a su lado, pensativa.

Arthur se despertó siete horas más tarde. Lauren seguía sentada tras la mesa de trabajo.

Se restregó los ojos y le dedicó un sonrisa, que ella le devolvió al instante.

–Hubieras estado mejor en la cama, pero dormías tan a gusto que no me atreví a despertarte.

–¿Llevo mucho tiempo durmiendo?

–Varias horas, pero no las suficientes para recuperar el sueño atrasado.

Arthur quería tomarse un café y ponerse de nuevo manos a la obra, pero ella frenó su impulso. Su dedicación la conmovía enormemente, pero no valía la pena. Él no era médico y ella era una simple interna, así que no iban a resolver entre los dos la problemática del coma.

–¿Qué propones?

–Que te tomes un café como has dicho, que te des una buena ducha y que vayamos a pasear. No puedes vivir al margen del mundo, recluido en casa con la excusa de que albergas a un fantasma.

Arthur se tomaría el café, y después ya verían. Y quería que Lauren se olvidara de lo de «fantasma»; tenía aspecto de todo menos de fantasma. Ella le preguntó qué quería decir con «todo», pero él se negó a responder.

–Si digo cosas bonitas, después me lo echarás en cara.

Lauren arqueó las cejas con gesto inquisitivo, preguntando qué era eso de «cosas bonitas». Él insistió en que olvidara lo que acababa de decir, pero, tal como temía, fue inútil. Lauren se plantó frente a él, con los brazos en jarras:

–¿Qué es eso de «cosas bonitas»?

–Olvida lo que acabo de decir, Lauren. No eres una aparición, eso es todo.

–¿Qué soy, entonces?

–Una mujer, una mujer muy guapa. Y ahora voy a darme una ducha.

Salió de la estancia sin volverse. Lauren acarició de nuevo la moqueta, encantada. Media hora más tarde, Arthur salió del cuarto de baño con vaqueros y un grueso jersey de cachemira, y manifestó su deseo de ir a devorar un buen trozo de carne. Ella le indicó que todavía eran las diez de la mañana, pero él replicó de inmediato que en Nueva York era la hora de ir a comer, y en Sidney, la de ir a cenar.

–Sí, pero no estamos ni en Nueva York ni en Sidney. Estamos en San Francisco.

–Eso no cambiará en absoluto el sabor de la carne que voy a comerme.

Ella quería que volviese a su auténtica vida y se lo dijo.

Afortunadamente tenía una y debía aprovecharla, no abandonarlo todo por las buenas. Él le pidió que no dramatizara; después de todo, sólo se había tomado unos días. Sin embargo, en opinión de ella estaba metiéndose en un juego peligroso y sin salida.

–¡Es increíble oír eso de boca de un médico! –explotó él–. Yo creía que la fatalidad no existe, que mientras hay vida hay esperanza, que todo es posible. ¿Por qué soy yo quien lo cree y no tú?

Lauren le respondió que precisamente porque ella era médico, porque reivindicaba ser lúcida, porque estaba convencida de que perdían el tiempo, el tiempo de Arthur, para hablar con propiedad.

–No debes aferrarte a mí. No tengo nada que ofrecerte, nada que darte, ni siquiera puedo prepararte un café, Arthur...

–¡Mierda! Si no puedes prepararme un café, entonces sí que no hay futuro posible. Lauren, yo no me aferro a ti; de hecho, ni a ti ni a nadie. Yo no pedí encontrarte en el armario, simplemente estabas allí; así es la vida. Nadie te oye, nadie te ve ni se comunica contigo.

Tenía razón, prosiguió, al decir que ocuparse de su problema era arriesgado para los dos; para ella, por las falsas esperanzas que eso podía alimentar, y para él, «por el tiempo que tendré que dedicar y el caos que introducirá en mi vida, pero así es la vida». No tenía alternativa. Ella estaba allí, a su alrededor, en su apartamento, «que es también tu apartamento», se hallaba en una situación delicada y él la cuidaba, «que es lo que se hace en un mundo civilizado, aunque ello comporte riesgos». En su opinión, darle un dólar a un vagabundo al salir del supermercado era algo fácil, que no tenía mérito.

–Cuando se da de lo poco que se tiene es cuando se da de verdad.

Ella no sabía gran cosa de él, pero Arthur se consideraba un hombre exigente y estaba decidido a llegar hasta el final a toda costa.

Le pidió que respetara su derecho a ayudarla, arguyendo para convencerla que lo único que le quedaba de la vida auténtica era aceptar recibir. Si pensaba que no había reflexionado antes de meterse de lleno en aquella historia, estaba en lo cierto. No había reflexionado en absoluto.

–Porque mientras se calcula, mientras se analizan los pros y los contras, la vida pasa y no ocurre nada. No sé cómo, pero te sacaremos de ahí. Si hubieras tenido que morir, ya estarías muerta; yo estoy aquí precisamente para echarte una mano.

Arthur finalizó pidiéndole que aceptara su ayuda, si no por ella, al menos por todos aquellos a los que curaría pasados unos años.

–Podrías haber sido abogado.

–Debería haber sido médico.

–¿Por qué no lo has sido?

–Porque mi madre murió demasiado pronto.

–¿Cuántos años tenías?

–Muy pocos, y no me apetece hablar de ese asunto.

–¿Por qué no quieres hablar de eso?

Arthur le recordó que era interna, no psicoanalista. No quería hablar de eso porque le resultaba doloroso y le ponía triste.

–El pasado es el que es, no tiene vuelta de hoja.

Dirigía un estudio de arquitectura y se sentía satisfecho.

–Me gusta lo que hago y me gustan las personas con las que trabajo.

–¿Es tu jardín secreto?

–No. Un jardín no tiene nada de secreto; un jardín es todo lo contrario, es un don. No insistas, es algo que me pertenece.

Había perdido a su madre de muy joven, y a su padre todavía antes. Le habían dado lo mejor de sí mismos durante el tiempo que habían podido. Su vida era así; aquello había tenido sus ventajas y sus inconvenientes.

–Sigo teniendo mucha hambre, aunque no estemos en Sidney, así que voy a prepararme unos huevos con beicon.

–¿Quién te crió después de que murieran tus padres?

–No eres terca, ¿verdad?

–No, en absoluto.

–Todo eso no tiene ningún interés ni viene ahora a cuento.

–A mí sí que me interesa.

–¿Qué es lo que te interesa?

–Lo que ocurrió en tu vida para que seas capaz de esto.

–¿Capaz de qué?

–De plantarlo todo para ocuparte de la sombra de una mujer que no conoces. Y ni siquiera es por sexo..., así que me intriga.

–No vas a psicoanalizarme porque ni tengo ganas ni lo necesito. No hay ninguna zona oscura, ¿entendido?

Hay un pasado de lo más concreto y definitivo por la sencilla razón de que ha pasado.

–¿Así que no tengo derecho a conocerte?

–Sí, claro que tienes derecho, pero lo que quieres conocer es mi pasado, no a mí.

–¿Tan difícil es de entender?

–No, pero es algo íntimo, no es locamente divertido, es largo y no es el tema que nos ocupa.

–No se nos va a escapar ningún tren. Acabamos de empalmar dos días y dos noches estudiando el coma, así que creo que podemos tomarnos un descanso.

–¡Deberías haber sido abogado!

–¡Sí, pero soy médico! Contéstame.

Arthur puso como excusa el trabajo. No tenía tiempo para contestarle. Se comió los huevos sin decir palabra, dejó el plato en el fregadero y se sentó de nuevo tras la mesa de trabajo. Se volvió hacia Lauren, que estaba sentada en el sofá.

–¿Ha habido muchas mujeres en tu vida? –preguntó ella sin levantar la cabeza.

–Cuando se quiere no se cuenta.

–Y dices que no necesitas un psicoanalista... Bueno, y de las «que se cuentan», ¿ha habido muchas?

–¿Cuántos hombres ha habido en la tuya?

–Yo he preguntado primero.

Arthur contestó que había tenido tres amores, uno de adolescente, otro de joven, y otro de «menos joven» en proceso de convertirse en hombre pero sin serlo aún del todo, porque en tal caso aún seguirían juntos. A ella le pareció una respuesta directa, honesta, pero enseguida quiso saber por qué aquello no había funcionado. Arthur pensaba que no había funcionado porque él era demasiado exigente.

–¿Posesivo? –preguntó Lauren.

Él insistió en la palabra «exigente».

–Mi madre me atiborró de historias de amor ideal, y tener ideales es un gran inconveniente.

–¿Por qué?

–Porque pone el listón muy alto.

–¿Para el otro?

–No, para uno mismo.

A Lauren le hubiera gustado que desarrollara más la idea, pero Arthur prefirió no hacerlo por miedo a «parecer chapado a la antigua y resultar ridículo». Ella lo invitó a intentarlo. Consciente de que no tenía ninguna posibilidad de convencerla de que cambiaran de tema, hizo el primer intento:

–Identificar la felicidad cuando está a los pies de uno, tener el valor y la determinación de agacharse para tomarla entre los brazos... y conservarla. Eso es la inteligencia del corazón. La inteligencia a secas, prescindiendo de la del corazón, no es más que lógica, y eso no es gran cosa.

–¡Entonces fue ella quien te dejó!

Arthur no respondió.

–Y aún no te has repuesto.

–Oh, sí, me he repuesto. Pero no estaba enfermo.

–¿No supiste amarla?

–Nadie es propietario de la felicidad. A veces se tiene la suerte de ser inquilino, pero hay que ser muy cumplidor en el pago del alquiler, porque de lo contrario te desalojan enseguida.

–Lo que dices es tranquilizador.

–A todo el mundo le da miedo lo cotidiano, como si se tratara de una fatalidad que desarrolla el aburrimiento, la costumbre. Yo no creo en esa fatalidad...

–¿En qué crees?

–Creo que lo cotidiano es la fuente de la complicidad. En la cotidianidad, al contrario que en la costumbre, se puede inventar «lo lujoso y lo banal», lo desmesurado y lo corriente.

Le habló de los frutos que no se toman, los que se dejan pudrir en el suelo.

–Son un néctar de felicidad que nunca se saboreará, por negligencia, por costumbre, por certeza y presunción.

–¿Has pasado por esa experiencia?

–No del todo. He intentado llevar la teoría a la práctica. Yo creo en la pasión que se desarrolla.

Para Arthur no había nada más completo que una pareja que perdura a través del tiempo, que acepta que la ternura invada la pasión, pero ¿cómo vivir eso cuando se tiende a lo absoluto? Para él no era un error conservar dentro de sí una parte de infancia, una parte de sueño.

–Acabamos por ser distintos, pero todos hemos sido primero niños. ¿Y tú? –preguntó–. ¿Has amado?

–¿A cuántos conoces que no hayan amado? ¿Quieres saber si amo? No. Sí y no.

–¿Has sufrido muchos golpes?

–En proporción a mi edad, sí, bastantes.

–No eres muy locuaz. ¿Quién era?

–No está muerto. Treinta y ocho años, cineasta, buen chico, poco disponible, un punto egoísta..., el tipo ideal.

–¿Entonces?

–Entonces a miles de años luz de lo que tú describes del amor.

–¡Cada cual tiene su mundo! La cuestión está en hundir las raíces en la tierra que nos es favorable.

–¿Siempre haces metáforas?

–Con frecuencia. Así me resulta más fácil decir las cosas. Bueno, estoy esperando oír tu historia.

Lauren había compartido cuatro años de su vida con el cineasta en cuestión, cuatro años de una historia descosida y vuelta a coser en la que los actores se desgarran y se reconstruyen una y otra vez, como si la dramaturgia añadiera otra dimensión a la existencia. Calificó aquella relación de egotista y sin interés, mantenida por la pasión de los cuerpos.

–¿Eres muy física? –preguntó Arthur.

A ella le pareció una pregunta impúdica.

–No estás obligada a contestar.

–¡No pienso hacerlo! En fin, él rompió dos meses antes del accidente. Mejor para él; al menos ahora no es responsable de nada.

–¿Lo echas de menos?

–No. Lo eché de menos en el momento de la ruptura, pero ahora pienso que una de las cualidades fundamentales para vivir en pareja es la generosidad.

Estaba harta de historias que siempre se acaban por las mismas razones. Hay quien pierde los ideales con la edad, pero a Lauren le pasaba lo contrario. Cuanto mayor se hacía, más idealista se volvía.

–Me digo que, para aspirar a compartir una etapa de vida en pareja, hay que dejar de creer y de hacer creer que se empieza una relación que importa si no se está realmente dispuesto a dar. A la felicidad no se accede con la yema de los dedos. O eres donante o eres receptor. Yo doy antes de recibir, pero he tachado definitivamente a los egoístas, los enrevesados y los que son demasiado tacaños de corazón para proporcionarse los medios que exigen sus deseos y sus esperanzas.

Lauren había acabado por admitir que llega un momento en que es preciso confesarse las propias verdades e identificar lo que se espera de la vida. Arthur encontró sus palabras vehementes.

–Lo que ocurre es que durante demasiado tiempo me he sentido atraída por lo contrario de mis sueños, por lo que estaba en las antípodas de lo que podía realizarme.

Dijo que tenía ganas de ir a tomar el aire y salieron los dos. Arthur se puso al volante y fueron a Ocean Drive.

–Me gusta venir a la orilla del mar –dijo Arthur para romper un largo silencio.

Lauren no contestó enseguida. Mirando el horizonte, asió a Arthur del brazo.

–¿Qué te ha sucedido en la vida? –preguntó.

–¿Por qué me haces esa pregunta?

–Porque no eres como los demás.

–¿Te molestan mis dos narices?

–No me molesta nada. Eres diferente.

–¿Diferente? Nunca me he sentido diferente. Además, ¿de qué?, ¿de quién?

–Eres sereno.

–¿Es un defecto?

–No, en absoluto, pero resulta muy desconcertante. Da la impresión de que no te preocupan los problemas.

–Porque me gusta buscar soluciones, por eso no me asustan los problemas.

–No, hay algo más.

–Ya está aquí otra vez mi PPP.

–¿Qué es eso?

–Mi Psiquiatra Personal Portátil.

–Estás en tu derecho de no contestar. Pero yo estoy en mi derecho de percibir las cosas, y no por eso soy una inquisidora.

–Esto parece una conversación de pareja ya veterana. No tengo nada que ocultar, Lauren, no hay ninguna zona oscura, ningún jardín secreto ni ningún trauma. Soy como soy, con un montón de defectos.

No se gustaba especialmente, pero tampoco se detestaba; apreciaba su manera de ser, libre e independiente de las modas establecidas. Quizás era eso lo que ella percibía.

–No pertenezco a un sistema, siempre he luchado contra eso. Veo a las personas que me gustan, voy a donde quiero ir, leo un libro porque me atrae y no porque sea «imprescindible haberlo leído», y toda mi vida es así.

Hacía lo que tenía ganas de hacer sin formularse mil preguntas acerca del porqué y el cómo de las cosas, «y no me lío con lo demás».

–Yo no quería liarte.

Reanudaron la conversación un poco más tarde, estimulados por la calidez de la cafetería de un hotel. Arthur estaba tomándose un capuchino acompañado de unas pastas.

–Me encanta este sitio –dijo–. Es familiar, y me gusta observar a las familias.

En un sofá había un niño de apenas ocho años en brazos de su madre. Ella tenía en las manos un gran libro abierto y le describía las imágenes que miraban juntos, mientras con el índice de la mano izquierda le acariciaba la mejilla con un movimiento lento y rebosante de ternura. En las mejillas del niño relucían dos hoyuelos como dos minúsculos soles. Arthur estuvo un buen rato mirándolos.

–¿Qué miras? –preguntó Lauren.

–Un auténtico momento de felicidad.

–¿Dónde?

–Aquel niño..., allí. Mira su cara. Está en el corazón del mundo, de su mundo propio.

–¿Te trae recuerdos?

Él, por toda respuesta, se limitó a sonreír. Lauren quiso saber si se llevaba bien con su madre.

–Mamá murió ayer; quiero decir que ayer fue el aniversario de su muerte. ¿Sabes una cosa? Lo que más me sorprendió al día siguiente de su partida fue que los edificios seguían tal cual, bordeando las calles llenas de coches que continuaban circulando y de peatones que seguían caminando, aparentemente ajenos por completo al hecho de que mi mundo acababa de desaparecer. Yo lo sabía por aquel vacío que se instalaba en mi vida como en una película cuyos rollos están desordenados. Porque de repente la ciudad había dejado de hacer ruido, como si en un minuto todas las estrellas se hubieran hecho añicos o se hubieran apagado. El día de su muerte, y te juro que es verdad, las abejas del jardín no salieron del panal, ni una sola libaba en la rosaleda, como si ellas también lo supieran. Me gustaría ser, sólo cinco minutos, aquel niño escondido de los demás entre sus brazos, acunado por el sonido de su voz. Sentir de nuevo aquellos estremecimientos que me recorrían la espalda cuando me hacía pasar de los despertares a los sueños de mi infancia, pasándome un dedo por debajo de la barbilla. Entonces ya no podía afectarme nada, ni las persecuciones del grandullón Steve Hacchenbach en el colegio, ni los gritos del señor Morton porque no me sabía la lección, ni los olores acres del comedor escolar. Te diré por qué soy «sereno», como tú dices. Porque no se puede vivir todo, así que lo importante es vivir lo esencial, y cada uno considera «esencial» una cosa.

–Desearía que el cielo te escuchase en lo que a mí respecta, porque lo que yo considero «esencial» todavía está por venir.

–Por eso es «esencial» que no abandonemos. Vamos a volver y a seguir trabajando.

Arthur abonó la cuenta y se dirigieron al aparcamiento. Antes de que se metiera en el coche, Lauren le dio un beso en la mejilla.

–Gracias por todo –dijo.

Arthur sonrió, y abrió la portezuela sin decir nada.

CAPÍTULO

8

Arthur se pasó casi tres semanas yendo a la biblioteca municipal, un imponente edificio de estilo neoclásico, construido a principios del siglo XX, en cuyas decenas de salas de bóvedas majestuosas reina una atmósfera muy distinta de la de muchos otros sitios similares. En las reservadas a los archivos de la ciudad, es frecuente ver a miembros de la alta sociedad de San Francisco codeándose con antiguos hippies artríticos, contándose unos a otros anécdotas e historias de la ciudad desde puntos de vista coincidentes y divergentes. En la número 27 –la que alberga las obras de medicina–, fila 48 –la correspondiente a las obras de neurología–, devoró en unos días miles de páginas sobre el coma, la inconsciencia y la traumatología craneal.

Pero aunque sus lecturas lo ilustraban sobre la condición de Lauren, ninguna lo acercaba a una solución del problema que se le planteaba. Cada vez que cerraba un libro, esperaba encontrar una idea en el siguiente. Acudía todas las mañanas a primera hora, tomaba asiento junto a montones de manuales y se concentraba en sus «deberes». A veces se levantaba para acercarse a una consola informática y enviar mensajes repletos de preguntas a eminentes profesores de medicina. Algunos le contestaban, en ocasiones intrigados por la finalidad de sus investigaciones. Después volvía a su sitio y reanudaba el curso de sus lecturas.

Hacía un descanso para comer en la cafetería, adonde se llevaba revistas que trataban de los mismos temas, y acababa sus jornadas de estudio hacia las diez, la hora de cierre de la biblioteca.

Por la noche se encontraba con Lauren y, mientras cenaban, la ponía al corriente de sus investigaciones del día. Entonces se enzarzaban en auténticas discusiones, en las que ella acababa olvidando que Arthur no era estudiante de medicina. La confundía por la rapidez con la que había memorizado la terminología médica. A menudo se sucedían argumentos y réplicas hasta la madrugada y hasta el agotamiento. Por la mañana temprano, mientras desayunaba, Arthur le exponía el camino que seguiría durante su jornada de trabajo. Se negaba a que lo acompañara, alegando que su presencia le impediría concentrarse. Aunque Arthur no se desanimaba nunca delante de ella, y aunque sus palabras estaban siempre llenas de optimismo, cada silencio les hacía tomar conciencia de que no llegaban a ninguna parte.

El viernes que ponía fin a su tercera semana de estudio, se marchó de la biblioteca más pronto. En el coche puso al máximo el volumen de la radio mientras sonaba un tema de Barry White. Una sonrisa se dibujó en sus labios; giró bruscamente en California Street y se detuvo para hacer unas compras. No había descubierto nada de particular, pero de pronto le entraron ganas de preparar una cena especial. Estaba decidido a poner la mesa sin descuidar ni un solo detalle, a iluminarla con velas y a inundar el apartamento de música. Invitaría a Lauren a bailar y proscribiría toda conversación médica. Mientras una espléndida luz crepuscular iluminaba la bahía, aparcó ante la puerta de la pequeña casa victoriana de Green Street. Subió la escalera acompasadamente, hizo algunas acrobacias para introducir la llave en la cerradura y entró cargado de paquetes. Empujó la puerta con un pie y dejó todas las bolsas sobre el mostrador de la cocina.

Lauren estaba sentada en el alféizar de la ventana, contemplando la vista, y ni siquiera se volvió.

Arthur la llamó en un tono más bien irónico, pero era evidente que estaba de mal humor y desapareció de golpe. Desde el dormitorio, Arthur la oyó mascullar:

–¡Y ni siquiera puedo dar un portazo!

–¿Tienes algún problema? –preguntó.

–¡Déjame en paz!

Arthur se quitó el abrigo y se dirigió apresuradamente hacia ella. Cuando abrió la puerta, la vio de pie, pegada al cristal, con la cabeza entre las manos.

–¿Estás llorando?

–No tengo lágrimas, ¿cómo quieres que llore?

–¡Estás llorando! ¿Qué pasa?

–Nada, no pasa nada de nada.

Él buscó su mirada, pero ella le dijo que la dejara. Fue

acercándose poco a poco, la rodeó con los brazos y la obligó a volverse para verle la cara.

Lauren agachó la cabeza. Él se la levantó, empujándole la barbilla con la punta de un dedo.

–¿Qué ocurre?

–Van a ponerle fin a esto.

–¿Quién va a ponerle fin a qué?

–Esta mañana he ido al hospital. Mamá estaba allí y la han convencido para que los autorice a practicar la eutanasia.

–¿De qué estás hablando? ¿Quién ha convencido a quién de hacer qué?

La madre de Lauren había ido, como todas las mañanas, al Memorial Hospital. En la habitación la esperaban tres médicos. Cuando entró, uno de los doctores, una mujer madura, se dirigió hacia ella y le preguntó si podían hablar en privado. La psicóloga delegada tomó a la señora Kline del brazo y la invitó a sentarse.

Comenzó entonces un largo discurso en el que fueron expuestos todos los argumentos para convencerla de que aceptara lo imposible. Lauren no era más que un cuerpo sin alma que su familia mantenía con un coste exorbitante para la sociedad. Resultaba más fácil mantener artificialmente con vida a un ser querido que aceptar su muerte, pero ¿a qué precio? Había que admitir lo inadmisible y decidirse por esta segunda opción sin sentirse culpable. Se había intentado todo. No era en absoluto un signo de cobardía. Era preciso tener el valor de admitirlo. El doctor Clomb insistía en la dependencia que ella mantenía en relación con el cuerpo de su hija.

La señora Kline se desasió violentamente y meneó la cabeza para expresar una negativa tajante. Ni podía ni quería hacer eso. Pero los argumentos de la psicóloga, de probada eficacia, erosionaban de minuto en minuto la emoción en beneficio de una decisión razonable y humana, demostrando con una retórica sutil que la negativa sería injusta y cruel tanto para ella como para los suyos, egoísta, nociva. La duda acabó por instalarse. Con gran delicadeza y serenidad, se pronunciaron argumentos más poderosos aún, palabras más sutiles, más culpabilizadoras. El sitio que ocupaba su hija en el servicio de reanimación impedía que otro paciente sobreviviera, que otra familia tuviese esperanzas fundadas. Una culpabilidad era sustituida por otra, y la duda iba ganando terreno. Lauren asistía a aquel espectáculo aterrorizada, veía cómo poco a poco decaía la determinación de su madre. Tras cuatro horas de conversación, la resistencia de la señora Kline se resquebrajó; admitió entre lágrimas que lo que decía el cuerpo médico era razonable. Aceptaba tomar en consideración que se le practicara la eutanasia a su hija. La única condición que ponía, lo único que pedía era que esperasen cuatro días, «para estar segura». Era jueves, de modo que no se debía hacer nada antes del lunes. Necesitaba prepararse y preparar a sus familiares. Los médicos asintieron compasivos, expresando su total comprensión y disimulando su profunda complacencia por haber encontrado en una madre la solución a un problema que toda su ciencia no podía resolver: ¿qué hacer con un ser humano que no está ni muerto ni vivo?

Hipócrates no había pensado que la medicina engendraría un día ese tipo de dramas. Los médicos salieron de la habitación, dejándola sola con su hija. Ella le asió una mano, apoyó la cabeza en su vientre y, llorando, le pidió perdón.

–No puedo más, cariño. Quisiera estar en tu puesto.

Lauren la contemplaba desde el otro extremo de la estancia con una mezcla de miedo, tristeza y horror. Se acercó a su vez a su madre y le rodeó los hombros con los brazos, pero ella no notó nada. En el ascensor, el doctor Clomb, dirigiéndose a sus colegas, se felicitó.

–¿No temes que cambie de opinión? –preguntó Fernstein.

–No, no lo creo. Además, si es necesario volveremos a hablar con ella.

Lauren se apartó de su madre y de su propio cuerpo. Decir que vagó como un fantasma no es un pleonasmo. Regresó directamente al alféizar de la ventana, decidida a impregnarse de todas las luces, de todas las vistas, de todos los olores y estremecimientos de la ciudad. Arthur la rodeó con los brazos, envolviéndola en toda su ternura.

–Hasta cuando lloras estás guapa. Vamos, sécate las lágrimas. Impediré que lo hagan.

–¿Cómo? –preguntó ella.

–Concédeme unas horas para pensarlo.

Lauren regresó a la ventana.

–¿Para qué? –dijo, mirando fijamente una farola de la calle–. Quizá sea mejor así, quizá tengan razón.

¿Qué significaba eso de que quizás era mejor así? La pregunta, formulada en un tono agresivo, no obtuvo respuesta. Lauren, tan fuerte habitualmente, estaba resignada. Para ser honrada consigo misma, sólo tenía media vida, estaba destrozando la de su madre y, según ella, «nadie la esperaba a la salida del túnel».

–Suponiendo que haya un despertar..., y no hay nada menos seguro que eso.

–Pero ¿tú crees por un solo instante que tu madre se sentirá aliviada si mueres para siempre...?

–Eres encantador –dijo ella, interrumpiéndolo.

–¿Qué he dicho?

–No, nada. Es lo de «morir para siempre» lo que me parece encantador, sobre todo en la situación actual.

–¿Crees que llenará el vacío que vas a dejar? ¿Crees que lo mejor para ella es que tú renuncies? ¿Y yo?

Lauren le dirigió una mirada inquisitiva.

–¿Qué pasa contigo?

–Yo estaré esperándote cuando despiertes; puede que seas invisible para los demás, pero no para mí.

–¿Es una declaración? –preguntó con tono sarcástico.

–No seas pretenciosa –repuso él con sequedad.

–¿Por qué haces todo esto? –replicó ella, a punto de perder los estribos.

–¿Por qué te pones provocadora y agresiva?

–¿Por qué estás aquí, dando vueltas a mi alrededor, luchando por mí? ¿Qué es lo que no carbura en tu cabeza? ¿Cuál es tu motivación? –gritó Lauren.

–¡Eres cruel!

–¡Pues contesta! ¡Contesta honradamente!

–Siéntate a mi lado y cálmate. Voy a contarte una historia real y lo entenderás. Un día hubo una cena en casa, cerca de Carmel. Yo tendría como mucho siete años...

Arthur le contó un episodio narrado por un viejo amigo de sus padres durante una cena a la que éstos le habían invitado. El doctor Miller era un gran cirujano oftalmólogo. Aquella noche estaba raro, como confuso o intimidado, cosa nada propia de él, y la madre de Arthur, preocupada, le preguntó qué le ocurría. Entonces él contó la historia siguiente. Quince días antes había operado a una niña, ciega de nacimiento. La niña no sabía cuál era su aspecto, no comprendía lo que era el cielo, no conocía los colores y ni siquiera sabía cómo era el rostro de su propia madre. El mundo exterior le era desconocido; ninguna imagen había impregnado jamás su cerebro. Durante toda su vida había palpado formas y contornos, pero sin poder asociar alguna imagen a lo que le contaban sus manos.

Hasta que un día, jugándose el todo por el todo, Coco –todos lo conocían por este apodo– le practicó una operación «imposible». La mañana que precedía a la cena en casa de los padres de Arthur, solo en la habitación con la niña, le había quitado a ésta los vendajes.

–Empezarás a ver algo antes de que haya terminado de quitarte las vendas. ¡Prepárate!

–¿Qué veré? –preguntó ella.

–Ya te lo he explicado, verás luz.

–Pero ¿qué es la luz?

–Vida. Espera un momento...

Y, tal como le había prometido, unos segundos después la luz del día entró en sus ojos. Fluyó a través de las pupilas, más rápida que las aguas de un río liberado de una presa que acabara de ceder, cruzó a toda velocidad los dos cristalinos y depositó en el fondo de cada ojo los miles de millones de datos que transportaba. Las células de sus dos retinas, estimuladas por primera vez desde el nacimiento de la criatura, provocaron una reacción química de una complejidad maravillosa para codificar las imágenes que se grababan en ellas. Los códigos fueron transmitidos instantáneamente a los dos nervios ópticos, que despertaban de un largo sueño y se apresuraban a encaminar aquel elevado caudal de datos hacia el cerebro. En unas milésimas de segundo, este último descodificó todos los datos recibidos y los transformó en imágenes animadas, dejando a la conciencia la tarea de asociarlas e interpretarlas. El procesador gráfico más antiguo, complejo y diminuto del mundo acababa de ser súbitamente unido a una óptica y se ponía en acción.

La niña, tan impaciente como asustada, asió la mano de Coco y le dijo:

–Espera, tengo miedo.

Él hizo una pausa, la tomó entre sus brazos y volvió a contarle lo que sucedería cuando acabara de quitarle las vendas. Recibiría cientos de datos nuevos que tendría que absorber, comprender y comparar con todo lo que su imaginación había creado. A continuación, Coco siguió desenrollando las vendas.

Al abrir los ojos, lo primero que la niña miró fueron sus manos; las movió como si fueran marionetas. Después inclinó la cabeza, sonrió, se echó a reír y a llorar a un tiempo sin poder apartar la mirada de los diez dedos, como para escapar a todo lo que la rodeaba y se tornaba real, probablemente porque estaba aterrorizada. Luego posó la mirada sobre su muñeca, esa forma de trapo que la había acompañado en sus noches y sus días absolutamente negros.

Su madre entró por el otro extremo de la habitación sin decir palabra. La niña levantó la cabeza y la miró fijamente durante unos segundos. ¡No la había visto nunca! Sin embargo, cuando aquella mujer todavía se encontraba a unos metros de ella, la expresión de la niña cambió. En una fracción de segundo, aquel rostro volvió a ser el de una niña muy pequeña que abrió los brazos y, sin vacilación alguna, llamó mamá a aquella «desconocida».

–Cuando Coco hubo terminado de contar esta historia, comprendí que desde entonces poseía una fuerza inmensa en su vida, podía decir que había hecho algo importante. Piensa simplemente que lo que hago por ti es en memoria de Coco Miller. Y ahora, si te has tranquilizado, debes dejarme pensar.

Lauren se limitó a murmurar algo en voz inaudible. Arthur se sentó en el sofá y se puso a mordisquear un lápiz que había tomado de la mesa de centro. Permaneció así largos minutos; luego se levantó de un salto, fue a sentarse a la mesa de trabajo y empezó a escribir en una hoja de papel. Necesitó casi una hora, durante la cual Lauren lo miraba como el gato que escruta atentamente una mariposa o una mosca. Inclinaba la cabeza con expresión intrigada cada vez que él se ponía a escribir o se detenía, mordisqueando de nuevo el lápiz. Cuando hubo acabado, se dirigió a ella muy serio.

–¿Qué tratamientos aplican a tu cuerpo en el hospital?

–¿Quieres decir además de asearlo?

–Me refiero sobre todo a los cuidados médicos.

Lauren le explicó que la alimentaban mediante perfusión, puesto que no había otro modo posible. Inyectaban tres veces a la semana unos antibióticos por razones preventivas. Describió los masajes que le practicaban en las caderas, los codos, las rodillas y los hombros para que no se le formaran escaras. Los demás cuidados consistían en controlar sus constantes vitales y su temperatura. No estaba conectada a un respirador artificial.

–Soy autónoma, ése es el problema para ellos; si no lo fuera, no tendrían más que desenchufar. Eso es más o menos todo.

–Entonces, ¿por qué dicen que es tan caro?

–Por la cama.

Lauren le explicó por qué en un servicio hospitalario las plazas costaban una fortuna. No se hacía ninguna distinción entre las diferentes clases de cuidados que se aplicaba a los pacientes. Se limitaban a dividir el coste de funcionamiento de cada servicio por el número de camas que tenía y el de días al año que estaban ocupadas; de esta forma se obtenía el coste diario de hospitalización por servicio: neurología, reanimación, ortopedia...

–Tal vez resolvamos nuestro problema y los suyos a la vez –dijo Arthur.

–¿Qué piensas hacer?

–¿Te has ocupado alguna vez de pacientes en tu estado?

Lo había hecho con pacientes ingresados en urgencias, pero durante períodos muy cortos, nunca durante hospitalizaciones largas.

–¿Y si hubieras tenido que hacerlo?

Ella suponía que no le hubiera planteado ninguna dificultad; era casi un trabajo de enfermero, salvo cuando surgía alguna complicación repentina.

–Entonces, ¿sabrías hacerlo?

Lauren no entendía adónde quería ir a parar.

–Lo de la perfusión, ¿es muy complicado? –insistió Arthur.

–¿En qué sentido?

–Complicado de conseguir. ¿Se puede encontrar en la farmacia?

–En la del hospital, sí.

–¿En una farmacia pública no?

Lauren se quedó pensando unos segundos y asintió; se podía elaborar la perfusión comprando glucosa, anticoagulantes y suero fisiológico y mezclándolos. Por lo tanto, era posible. Además, a las personas que recibían este tratamiento en su domicilio se la preparaba una enfermera, que encargaba los productos en una farmacia central.

–Voy a llamar a Paul –dijo Arthur.

–¿Para qué?

–Para lo de la ambulancia.

–¿Qué ambulancia? ¿Qué piensas hacer?

–¡Vamos a secuestrarte!

Lauren no entendía en absoluto adónde quería ir a parar, pero empezaba a estar preocupada.

–Vamos a secuestrarte. ¡Si no hay cuerpo, no hay eutanasia!

–Estás como una cabra.

–No creas, no creas...

–¿Cómo vamos a secuestrarme? ¿Dónde esconderemos el cuerpo? ¿Quién se ocupará de él?

–Demasiadas preguntas a la vez.

Ella se ocuparía de su cuerpo; poseía la experiencia necesaria. Sólo había que encontrar la manera de conseguir provisiones de líquido de perfusión pero, por lo que había dicho, no parecía imposible. Tal vez habría que cambiar de farmacia de vez en cuando para no atraer demasiado la atención.

–¿Con qué recetas? –preguntó Lauren.

–Eso forma parte de la primera pregunta, del cómo.

–Explícate.

El padrastro de Paul tenía un taller de reparación de carrocerías, especializado en coches de bomberos, de policía, ambulancias... «Tomarían prestada» una ambulancia, birlarían unas batas blancas e irían a buscarla para trasladarla de hospital. Lauren se echó a reír nerviosamente.

–¡Pero esas cosas no funcionan así!

Le recordó que no se entraba en un centro hospitalario con la misma facilidad que en un supermercado. Además, para llevar a cabo un traslado había que hacer montones de trámites administrativos. Hacía falta un certificado de admisión del servicio de llegada, una autorización de salida firmada por el médico que trataba al paciente en cuestión y un volante de traslado de la compañía a la que perteneciera la ambulancia, acompañado de un documento donde se describieran las modalidades del traslado.

–Ahí es donde entras tú en juego, Lauren. Tú me ayudarás a conseguir esos papeles.

–¡Pero si yo no puedo! ¿Cómo quieres que lo haga? No puedo tomar nada, desplazar nada...

–Pero ¿sabes dónde están?

–Sí, ¿y qué?

–Pues que seré yo quien los birle. ¿Conoces esos impresos?

–Sí, por supuesto, yo los firmaba todos los días, sobre todo en mi servicio.

Se los describió. Se trataba de impresos normales y corrientes, en papel blanco, rosa y azul, con el nombre y el logo de los respectivos hospitales y de la compañía de ambulancias.

–Entonces los reproduciremos –decidió Arthur–. Acompáñame.

Tomó la cazadora y las llaves. Estaba como hipnotizado, actuaba con una determinación que a Lauren apenas le dejaba la posibilidad de oponerse a aquel plan tan iluso. Subieron al coche, él accionó el mando a distancia de la puerta del garaje y se adentró en Green Street. Estaba oscuro. La ciudad estaba tranquila, pero él no, así que condujo deprisa hasta el Memorial Hospital. Fue directamente al aparcamiento del servicio de urgencias. Lauren le preguntó qué estaba haciendo.

–¡Sígueme y no te rías! –se limitó a responder él con una sonrisilla en la comisura de los labios.

En el momento en que cruzó la primera puerta de urgencias, se dobló en dos sujetándose el vientre y se dirigió en esa postura al mostrador de admisión. La empleada de guardia le preguntó qué le pasaba. Él describió los violentos calambres que había empezado a sentir dos horas después de comer, precisó dos veces que ya lo habían operado de apendicitis y añadió que había tenido en otras ocasiones esa clase de dolores insoportables después de la operación. La auxiliar lo invitó a tenderse en una camilla en espera de que un interno lo atendiese. Lauren, sentada en uno de los brazos de una silla de ruedas, también empezaba a sonreír. Arthur interpretaba perfectamente el papel; hasta ella se había inquietado cuando él parecía a punto de desplomarse en la sala de espera.

–No sabes lo que estás haciendo –le había dicho en el mismo momento en que un médico iba a atenderlo.

El doctor Spacek se había presentado y lo había invitado a seguirlo hasta una de las salas situadas en el pasillo y separadas entre sí por una simple cortina. Le pidió que se tumbara en la cama y empezó a hacerle preguntas sobre sus dolores, al tiempo que leía la ficha donde figuraban todos los datos que habían solicitado en admisión. Excepto la edad en que se había convertido en un hombre, allí debía de constar prácticamente todo, pues aquello había sido lo más parecido a un interrogatorio policial. Afirmó que tenía unos calambres terribles.

–¿Dónde tiene esos terribles calambres? –preguntó el doctor.

–En todo el vientre.

Le hacían un daño insoportable.

–No exageres –le susurró Lauren–, si no, te ganarás una inyección de calmantes, una noche en el hospital y, mañana por la mañana, un lavado radiobaritado seguido de una fibroscopia y una coloscopia.

–¡Inyecciones no! –se le escapó sin querer.

–Yo no he mencionado las inyecciones –dijo Spacek levantando la cabeza de la ficha.

–Ya, pero prefiero decirlo enseguida porque no soporto las inyecciones.

El interno le preguntó si era nervioso, y Arthur hizo

un gesto afirmativo con la cabeza. Iba a palparlo, y él debía indicarle dónde era más vivo el dolor. Arthur asintió de nuevo con la cabeza. El médico colocó las dos manos, una sobre otra, en el vientre de Arthur y comenzó el examen.

–¿Le duele aquí?

–Sí –contestó él, vacilante.

–¿Y aquí?

–No, no te puede doler ahí –le susurró Lauren sonriendo.

Arthur negó de inmediato la existencia de todo dolor en el lugar donde el interno le estaba palpando.

Ella siguió guiándolo en sus respuestas durante toda la consulta. El médico dictaminó una colitis de origen nervioso. Debía tomar un antiespasmódico que le darían en la farmacia del hospital con la receta que estaba extendiéndole. Tras dos apretones de manos y tres «gracias, doctor», Arthur recorrió a paso ligero el largo pasillo que conducía a las oficinas. Llevaba en la mano tres documentos distintos, todos con el nombre y el logo del Memorial Hospital, uno azul, otro rosa y el tercero verde. El primero era una receta, el segundo, un recibo, y el último, un comprobante de salida donde había escrito en grandes caracteres: «Volante de traslado / Volante de salida», y en letra cursiva: «*Tache lo que no proceda*». Exhibía una amplia sonrisa, satisfecho como estaba de sí mismo. Lauren caminaba a su lado. La tomó del brazo.

–Formamos un buen equipo, ¿eh?

De vuelta en casa, introdujo los tres documentos en el escáner conectado al ordenador y los copió. Ya disponía de una fuente inagotable de impresos de todos los colores y todas las formas, con los caracteres oficiales del Memorial.

–Se te da muy bien –dijo Lauren cuando vio salir de la impresora en color las primeras hojas con cabecera.

–Dentro de una hora llamaré a Paul –dijo él.

–Primero hablaremos un poco de tu plan.

Arthur admitió que tenía razón; debía preguntarle sobre todo lo relativo al procedimiento de un traslado. Sin embargo, de lo que ella quería hablar no era de eso.

–¿De qué, entonces?

–Tu plan me conmueve, Arthur, pero es irrealizable, disparatado y demasiado peligroso para ti. Te meterán en la cárcel si te pillan, ¿y en nombre de qué, quieres decírmelo?

–¿Y no es mucho más peligroso para ti si no intentamos hacer algo? ¡Sólo tenemos cuatro días, Lauren!

–No puedes hacer eso, Arthur. Perdona, pero yo no puedo permitir que lo hagas.

–Conocía a una chica que pedía perdón constantemente. Sus amigos no se atrevían ni a ofrecerle un vaso de agua por miedo a que se disculpara por tener sed.

–Arthur, no hagas el idiota. Sabes muy bien lo que quiero decir. ¡Es un plan de locos!

–La situación sí que es de locos, Lauren. No tengo alternativa.

–No dejaré que te expongas así por mí.

–Debes ayudarme, Lauren, en vez de hacerme perder el tiempo. Lo que está en juego es tu vida.

–Tiene que haber otra solución.

A Arthur sólo se le ocurría una alternativa a su plan: hablar con la madre de Lauren y disuadirla de aceptar la eutanasia. Pero esa opción era difícil de llevar a la práctica. No se habían visto nunca, y conseguir una cita era muy poco probable. No aceptaría recibir a un desconocido. Arthur podía decir que era amigo de su hija, pero Lauren creía que ella desconfiaría, pues conocía a todos sus allegados. Tal vez podría encontrarse con ella por casualidad, en un sitio a donde ella acostumbrara a ir. Había que dar con el lugar idóneo.

Lauren se quedó unos instantes pensativa y dijo:

–Va a pasear a la perra todas las mañanas a La Marina.

–Sí, pero necesitaría un perro al que pasear.

–¿Por qué?

–Porque pasear con una correa sin perro me descalificaría en el acto.

–Puedes hacer *footing*.

A Lauren le pareció una buena idea. Arthur sólo tendría que caminar por La Marina a la hora del paseo de *Kali*, acercarse a la perra, hacerle unas carantoñas y aprovechar la ocasión para entablar conversación con su madre.

Arthur se levantó temprano, se puso unos pantalones de algodón y un polo. Antes de salir, le pidió a Lauren que lo abrazara con fuerza.

–¿Qué te pasa? –dijo ella con timidez.

–Nada, no tengo tiempo de explicártelo; es por la perra.

Ella apoyó la cabeza sobre su hombro y suspiró.

–Perfecto –dijo Arthur en tono enérgico, apartándose–. Me largo, si no, no me la encontraré.

Salió del apartamento como una exhalación, sin decir adiós siquiera. Lauren se encogió de hombros, suspirando: «Me abraza por la perra».

Cuando inició el paseo, el Golden Gate aún dormía bajo una nube acolchada. Tan sólo las puntas de los dos pilares del puente rojo sobrepasaban la bruma que los envolvía. El mar encerrado en la bahía estaba en calma, las gaviotas matinales giraban en grandes círculos en busca de peces, las zonas de césped que bordeaban los muelles todavía estaban mojadas debido a la humedad de la noche, y los barcos amarrados se balanceaban suavemente. Todo estaba tranquilo; algunos corredores mañaneros hendían el aire cargado de humedad y frescor. Unas horas más tarde, un gran sol se instalaría sobre las colinas de Sausalito y Tiburon y liberaría al puente rojo de la bruma.

La vio de lejos, idéntica a la descripción que había hecho de ella su hija. *Kali* caminaba a unos pasos de ella. La señora Kline estaba sumida en sus pensamientos y parecía llevar a cuestas todo el peso de su pena. La perra se cruzó con Arthur y, sorprendentemente, se detuvo en seco para aspirar el aire a su alrededor, trazando círculos con el morro. Luego se acercó a él, le olfateó los pantalones e inmediatamente se tumbó, gimiendo. El animal empezó a sacudir la cola con frenesí, temblando de alegría y de excitación. Arthur se arrodilló y se puso a acariciarla suavemente. *Kali* se apresuró a lamerle la mano, aumentando la intensidad y la cadencia de sus gemidos. La madre de Lauren, extrañada, se acercó.

–¿La conoce? –preguntó.

–¿Por qué lo dice? –repuso él, levantándose.

–Porque en general es muy miedosa. No deja que se le acerque nadie, pero ahora parece que confía mucho en usted.

–No sé..., quizá..., se parece muchísimo a la perra de una amiga a la que quería mucho.

–¿Sí? –dijo la señora Kline con el corazón latiéndole desacompasadamente.

La perra se sentó a los pies de Arthur y se puso a ladrar, tendiéndole una pata.

–¡*Kali!* –dijo la madre de Lauren–. Deja tranquilo a este señor.

Arthur tendió la mano y se presentó; la mujer correspondió un tanto indecisa al saludo. La actitud de la perra le resultaba de lo más desconcertante y se disculpó por tanta familiaridad.

–No pasa nada. Me encantan los animales, y su perra es muy simpática.

–Pero normalmente es muy huraña. Parece como si lo conociera.

–Siempre he atraído a los perros; yo creo que notan cuando se les aprecia. Tiene una cabeza preciosa.

–Es un cruce de podenco y labrador.

–Es increíble lo que se parece a la perra de Lauren.

La señora Kline sintió un mareo y sus facciones se crisparon.

–¿Se encuentra bien, señora? –preguntó Arthur, tomándole la mano.

–¿Conocía usted a mi hija?

–Es la perra de Lauren... ¿Es usted su madre?

–¿La conocía?

–Sí, muy bien, éramos bastante amigos.

La señora Kline no había oído hablar nunca de él y quiso saber cómo se habían conocido. Arthur dijo que era arquitecto y que había conocido a Lauren en el hospital. Ella le había cosido un corte bastante feo que se había hecho con el cúter. Habían simpatizado y se veían a menudo.

–Yo iba de vez en cuando a urgencias a comer con ella, y en ocasiones también cenábamos juntos, cuando acababa pronto por la noche.

–Lauren nunca tenía tiempo de comer y siempre salía tarde.

Arthur agachó la cabeza sin decir nada.

–En fin, en cualquier caso *Kali* parece conocerlo bien.

–Siento muchísimo lo que le ha pasado, señora. Después del accidente he ido a verla varias veces al hospital.

–Nunca hemos coincidido.

Arthur le propuso pasear un poco. Caminaron junto al agua y Arthur se aventuró a preguntarle por el estado de Lauren, aduciendo que hacía bastante que no iba a verla. La señora Kline habló de una situación estacionaria que ya no dejaba lugar a la esperanza. No dijo nada de la decisión que había tomado, pero describía el estado de su hija en unos términos absolutamente desesperados. Arthur hizo una pausa y empezó a pronunciar un discurso esperanzador. «Los médicos no saben nada del coma»... «Las personas que están en coma nos oyen»... «Algunas han vuelto en sí al cabo de siete años»... «No hay nada más sagrado que la vida, y si se mantiene en contra del sentido común, es una señal que hay que interpretar.» Hasta invocó a Dios como «el único con derecho a disponer de la vida y la muerte». La señora Kline se detuvo de golpe y miró a Arthur a los ojos.

–Usted no estaba en mi camino por casualidad. ¿Quién es y qué quiere?

–Simplemente paseaba por aquí, señora, y si le parece que este encuentro no es el fruto de la casualidad, usted es la única que debe preguntarse el porqué. Yo no he adiestrado a la perra de Lauren para que se me acerque sin llamarla.

–¿Qué quiere de mí? ¿Quién es usted para soltarme esas frases lapidarias sobre la vida y la muerte? Usted no sabe nada, absolutamente nada de lo que significa ir allí todos los días, verla inerte, sin que se mueva ni una sola de sus pestañas, ver que su pecho sube y baja mientras que su rostro permanece cerrado al mundo.

En un arrebato de cólera, le describió los días y las noches que había pasado hablándole con la loca esperanza de que la oyera; su vida, que había dejado de existir desde que su hija se había ido; la espera de una llamada del hospital diciéndole que todo había acabado. Ella le había dado la vida. Durante su infancia, la despertaba día tras día, la vestía y la llevaba al colegio, y por las noches la arropaba en la cama y le contaba un cuento. Había permanecido atenta a todas sus alegrías y a todos sus tormentos.

–Cuando llegó a la adolescencia, acepté sus enfados injustos, compartí sus primeros sufrimientos amorosos, la ayudé por la noche en sus estudios, revisé todos sus exámenes. Supe desaparecer cuando debía hacerlo, y no puede usted imaginar lo que la echaba de menos ya en vida... Desde que nació, todos los días me he acostado y me he despertado pensando en ella…

Las lágrimas reprimidas no la dejaron seguir. Arthur le rodeó los hombros y se disculpó.

–No puedo más –dijo ella en voz baja–. Perdone. Y ahora váyase, no debería haber hablado con usted.

Arthur se disculpó de nuevo, le acarició la cabeza a la perra y se alejó lentamente. Subió al coche y, mientras se alejaba, vio por el retrovisor a la madre de Lauren que lo miraba. Cuando entró en casa, Lauren estaba de pie sobre una mesa baja, haciendo equilibrios.

–¿Qué haces?

–Me entreno.

–Ya lo veo.

–¿Cómo ha ido?

Arthur le hizo un relato detallado del encuentro, decepcionado por no haber conseguido que su madre cambiara la decisión que había tomado.

–Tenías pocas posibilidades. Nunca cambia de opinión, es más terca que una mula.

–No seas dura, está sufriendo lo indecible.

–Habrías sido un yerno perfecto.

–¿Cuál es el significado profundo de ese comentario?

–Ninguno. Simplemente, eres el tipo que las suegras adoran.

–Tu observación me parece mediocre, y no creo que ésa sea la cuestión.

–¡Eso soy yo quien debe decirlo! Te quedarías viudo antes de casarte.

–¿Qué pretendes decirme?

–Nada, no pretendo decirte nada. Bueno, me voy a contemplar el mar mientras todavía pueda hacerlo.

Lauren desapareció súbitamente, dejando a Arthur solo y perplejo en el apartamento.

–Pero ¿qué le pasa? –se preguntó en voz baja.

Después se sentó tras la mesa de trabajo, conectó el ordenador y empezó a escribir. Había tomado la decisión en el coche, cuando volvía de La Marina. No tenía alternativa, y había que actuar deprisa. El lunes, los médicos «dormirían» a Lauren. Hizo una lista de los accesorios que necesitaba para llevar a la práctica su plan. Imprimió el archivo y descolgó el teléfono para llamar a Paul.

–Necesito verte urgentemente.

–¡Ah, ya has vuelto de Knewawa!

–Es urgente, Paul, necesito tu ayuda.

–¿Dónde quieres que nos veamos?

–Donde tú quieras.

–Ven a mi casa.

Paul lo recibió media hora más tarde. Se acomodaron en los sofás del salón.

–¿Qué te pasa?

–Necesito que me hagas un favor sin preguntar nada. Quiero que me ayudes a secuestrar un cuerpo de un hospital.

–¿Estamos en una novela negra? ¿Después del fantasma vamos a ocuparnos de un cadáver? Como sigas así te daré el mío, estará disponible.

–No es un cadáver.

–Entonces, ¿qué es? ¿Un enfermo en plena forma?

–Hablo en serio, Paul, y tengo mucha prisa.

–¿No debo hacerte preguntas?

–Te resultaría difícil comprender las respuestas.

–¿Porque soy demasiado tonto?

–Porque nadie puede creer lo que está pasándome.

–Inténtalo.

–Tienes que ayudarme a secuestrar el cuerpo de una mujer que está en coma y a la que van a practicarle la eutanasia el lunes. Y yo no quiero que lo hagan.

–¿Te has enamorado de una mujer que está en coma? ¿Es la de tu historia del fantasma?

Arthur contestó con un vago «hummm...». Paul inspiró profundamente y se echó hacia atrás en el sofá.

–Esto exigirá una sesión de dos mil dólares en el psiquiatra. ¿Lo has pensado bien? ¿Estás decidido?

–Lo haré contigo o sin ti, pero lo haré.

–Compruebo que tienes debilidad por las historias sencillas.

–No tienes ninguna obligación de ayudarme, ya lo sabes.

–No, claro, ya lo sé. Te presentas aquí después de dos semanas de no tener noticias tuyas, estás irreconocible, me pides que me arriesgue a pasarme diez años en la cárcel por ayudarte a secuestrar un cuerpo de un hospital, y yo voy a rezar para metamorfosearme en dalai-lama, es mi única posibilidad. ¿Qué necesitas?

Arthur expuso su plan y los accesorios que Paul tendría que facilitarle, básicamente una ambulancia que sacaría del garaje de su padrastro.

–¡Ah, y encima tengo que pringar al marido de mi madre! Me alegro de conocerte, amigo. De no ser por ti, me habría perdido todo esto.

–Sé que te pido mucho.

–No, no lo sabes. ¿Para cuándo la necesitas?

Necesitaba la ambulancia para el día siguiente por la noche. Actuarían hacia las once. Paul iría a buscarlo a su casa media hora antes. Él lo llamaría por la mañana, temprano, para concretar todos los detalles. Estrechó con fuerza a su amigo entre sus brazos, dándole calurosamente las gracias. Paul, preocupado, lo acompañó hasta el coche.

–Gracias otra vez –dijo Arthur, sacando la cabeza por la ventanilla.

–Los amigos están para eso. A lo mejor yo te necesito a ti a fin de mes para ir a la montaña a cortarle las uñas a un oso gris. Te mantendré al corriente. Venga, lárgate, me da la impresión de que todavía tienes muchas cosas que hacer.

El coche desapareció pasado el cruce y Paul, dirigiéndose a Dios, alzó los brazos al cielo gritando:

–¿Por qué yo?

Contempló las estrellas en silencio unos instantes y, como no parecía que fuese a recibir ninguna respuesta, se encogió de hombros y masculló:

–¡Sí, ya sé! ¿Y por qué no?

Arthur se pasó el resto del día recorriendo farmacias y dispensarios y llenando el portamaletas del coche. De vuelta en casa, encontró a Lauren dormida en su cama. Se sentó junto a ella con mucho cuidado y le pasó la mano por encima mismo del pelo, sin tocarlo.

–Ahora consigues dormir –murmuró–. Eres guapísima.

Se levantó con el mismo cuidado y regresó al salón, a la mesa de trabajo. En cuanto hubo salido del dormitorio, Lauren abrió un ojo y sonrió maliciosamente. Arthur tomó los formularios administrativos que había impreso el día antes y comenzó a rellenarlos. Dejó algunas casillas vacías y los guardó en una carpeta. Se puso la cazadora, subió al automóvil y condujo en dirección al hospital. Dejó el vehículo en el aparcamiento de urgencias, con la puerta abierta, y entró en el recinto. Una cámara filmaba el pasillo, pero él no se dio cuenta. Recorrió el pasillo hasta llegar a una gran estancia que se utilizaba como comedor.

–¿Qué hace usted aquí? –le preguntó una enfermera desde lejos.

Iba a darle una sorpresa a una vieja amiga que trabajaba allí, quizás ella la conocía, se llamaba Lauren Kline. La enfermera se quedó unos instantes perpleja.

–¿Hace mucho que no la ha visto?

–Más de medio año.

Le explicó que era reportero fotográfico, que acababa de llegar de África y que quería saludarla.

–Somos muy amigos. ¿Ya no trabaja aquí?

La enfermera eludió la pregunta y le indicó que fuera a recepción, donde le informarían; lo sentía muchísimo, pero allí no iba a encontrarla. Arthur fingió inquietud y preguntó si pasaba algo. Ella, con manifiesta incomodidad, insistió en que se dirigiera a la recepción del hospital.

–¿Tengo que salir del edificio?

–En principio sí, pero tendrá que dar mucha vuelta...

Le indicó cómo podía llegar a recepción por el interior. Él se despidió y le dio las gracias, sin abandonar la expresión preocupada que había adoptado. Una vez libre de la presencia de la enfermera, fue de un pasillo a otro hasta encontrar el que buscaba. En un cuarto que tenía la puerta entornada, vio dos batas blancas. Entró, las descolgó del perchero y se las escondió debajo del abrigo. Notó que en el bolsillo de una de ellas había un estetoscopio. Una vez en el pasillo siguió las indicaciones que le había dado la enfermera y salió del hospital. Rodeó el edificio, llegó hasta su coche, en el aparcamiento de urgencias, y regresó a casa. Lauren, sentada delante del ordenador, exclamó antes incluso de que entrara en la habitación:

–¡Estás loco de atar!

Él se acercó a la mesa y dejó encima las dos batas, sin pronunciar palabra.

–Estás como una cabra. ¿La ambulancia está en el garaje?

–Paul vendrá a buscarme con ella mañana a las diez y media de la noche.

–¿De dónde las has sacado?

–¡De tu hospital!

–Pero ¿cómo te las arreglas para hacer todo esto? ¿Quién puede detenerte cuando has decidido hacer algo? Enséñame las tarjetas que llevan las batas.

Arthur se puso la más grande y se volvió, imitando los gestos de un modelo desfilando por una pasarela.

–¿Qué? ¿Cómo me ves?

–¡Te has llevado la bata de Bronswick!

–¿Quién es ése?

–Un eminente cardiólogo. El ambiente va a estar cargadito en el hospital; ya estoy viendo el montón de notas de servicio que van a colgar. Al jefe de seguridad se le va a caer el pelo. Es el médico más cascarrabias y pagado de sí mismo de todo el Memorial.

–¿Qué probabilidad hay de que alguien me identifique?

Lauren lo tranquilizó.

La probabilidad era mínima; haría falta un golpe de mala suerte. Había dos cambios de equipo, el del fin de semana y el de la noche. No corría ningún peligro de cruzarse con un miembro de su equipo. El domingo por la noche era otro hospital, con otras personas y un ambiente distinto.

–Y mira, tengo hasta un estetoscopio.

–Póntelo alrededor del cuello.

Él obedeció.

–Estás muy sexy vestido de doctor, ¿sabes? –dijo Lauren con una voz muy dulce y femenina.

Arthur se sonrojó un poco. Ella le asió una mano y le acarició los dedos. Luego levantó los ojos hacia él y dijo con la misma ternura:

–Gracias por todo lo que estás haciendo por mí. Nadie me ha cuidado nunca tanto.

–¡Claro! ¡Por eso ha venido el Zorro!

Lauren se levantó y acercó el rostro al de Arthur. Se miraron a los ojos. Él la tomó entre sus brazos, y ella apoyó su cabeza en su hombro.

–Hay muchas cosas por hacer –le dijo–. Tengo que ponerme a trabajar.

Se apartó para sentarse a la mesa de trabajo. Ella posó sobre él una mirada atenta y se retiró silenciosamente al dormitorio, dejando la puerta abierta. Arthur estuvo trabajando hasta muy entrada la noche, tecleando frente a la pantalla y muy concentrado en sus notas, sin parar más que para comer un poco de ensalada. Oyó que el televisor se ponía en marcha.

–¿Cómo lo has hecho? –preguntó en voz alta.

Ella no respondió. Arthur cruzó el salón y se asomó por la ranura de la puerta. Lauren estaba en la cama, tendida boca abajo. Desvió la mirada de la pantalla y le sonrió con expresión maliciosa. Él le devolvió la sonrisa y regresó al teclado. Cuando estuvo seguro de que se había metido en la película, se levantó y se dirigió al secreter. Sacó una caja, la dejó sobre la mesa y se pasó un buen rato contemplándola antes de abrirla. Era cuadrada, del tamaño de una caja de zapatos y estaba forrada con una tela desgastada por el paso de los años. Contuvo la respiración y levantó la tapa; contenía un montón de cartas atadas con un cordel de cáñamo. Tomó un sobre mucho más grande que los demás y lo abrió. Una carta cerrada y un manojo de llaves viejas, grandes y pesadas, cayeron del interior. Retuvo todo unos instantes entre las manos, sonriendo en silencio, y luego se metió la carta y las llaves en un bolsillo de la chaqueta. A continuación guardó la caja en su sitio y, tras volver a la mesa, imprimió el plan de acción. Por último, apagó el ordenador y se fue al dormitorio. Lauren estaba sentada a los pies de la cama, viendo una serie norteamericana. Llevaba el pelo suelto; parecía tranquila, serena.

–Todo está todo lo a punto que puede estar –dijo Arthur.

–Te lo preguntaré una vez más: ¿por qué haces esto?

–¿Qué más da? ¿Por qué necesitas saberlo todo?

–Por nada.

Arthur entró en el cuarto de baño. Mientras escuchaba el ruido de la ducha, Lauren acarició suavemente la moqueta. Al pasar la mano, las fibras se irguieron por efecto de la electricidad estática. Arthur salió arropado con un albornoz.

–Ahora tengo que acostarme para estar en forma mañana.

Lauren se acercó a él y le dio un beso en la frente.

–Buenas noches. Hasta mañana –dijo antes de salir de la habitación.

El día siguiente transcurrió al ritmo de los minutos que se desgranan atrapados en la pereza de los domingos. El sol jugaba al escondite con los chaparrones. Hablaron poco. De vez en cuando, ella lo miraba fijamente y le preguntaba si estaba seguro de querer seguir adelante. Él ya no respondía a su pregunta. Hacia la mitad del día, fueron a pasear por la orilla del mar. Arthur le rodeó los hombros con un brazo.

–Ven, vayamos junto al agua, me gustaría decirte una cosa.

Se acercaron todo lo posible a la orilla, donde las olas rompen contra la arena.

–Mira bien todo lo que hay a nuestro alrededor: agua embravecida, tierra indiferente a esa furia, montañas dominantes, árboles, luz que juega a cambiar de intensidad y de color cada minuto del día, pájaros que revolotean sobre nuestras cabezas, peces que intentan no ser atrapados por las gaviotas mientras ellos devoran a otros peces. Hay una armonía de ruidos: el de las olas, el del viento, el de la arena. Y en medio de todo ese concierto increíble de vidas y materias estamos tú, yo y todos los seres humanos que nos rodean. ¿Cuántos de ellos verán todo lo que acabo de describirte? ¿Cuántos son conscientes del privilegio que supone despertar todas las mañanas y ver, oler, tocar, oír y degustar? ¿Cuántos de nosotros somos capaces de olvidar por un instante nuestras preocupaciones para maravillarnos ante este prodigioso espectáculo?

Resulta evidente que la mayor inconsciencia del hombre es la de su propia vida. Tú has tomado conciencia de ello porque estás en peligro, y eso te convierte en un ser único; eso y lo que necesitas para vivir: a los demás. Contestando a la pregunta con la que me martilleas desde hace días, te diré que si no me arriesgo, toda esta belleza, toda esta energía, toda esta materia viva será definitivamente inaccesible para ti. Por eso hago esto; conseguir devolverte al mundo da sentido a mi vida. ¿Cuántas veces me brindará la vida la posibilidad de hacer algo esencial?

Lauren no pronunció ni una palabra y acabó por bajar los ojos, clavando la mirada en la arena. Anduvieron uno junto a otro hasta el coche.

CAPÍTULO

9

A las diez, Paul metió la ambulancia en el garaje de Arthur y llamó a la puerta.

–Estoy preparado –dijo.

–Ponte esta bata y estas gafas. Son cristales neutros.

–¿No tienes barbas postizas?

–Te lo explicaré todo por el camino. Venga, tenemos que estar allí a la hora del relevo, a las once en punto. Lauren, ven con nosotros, te necesitaremos.

–¿Hablas con el fantasma? –preguntó Paul.

–Con alguien que está con nosotros pero a quien tú no ves.

–Arthur, ¿todo esto es una broma, o realmente estás volviéndote majara?

–Ni una cosa ni la otra. Es imposible entenderlo, así que no vale la pena explicarlo.

–Lo mejor sería que me transformara en pastilla de chocolate, así el tiempo pasaría más deprisa y yo no me preocuparía tanto envuelto en papel de aluminio.

–Es una opción, desde luego. Venga, date prisa.

Disfrazados de médico y camillero respectivamente, se dirigieron al garaje.

–¿Esta ambulancia ha estado en la guerra?

–He pillado lo que he podido, ¿comprendes? ¡Menuda bronca! En fin, lo único que falta es que me hables con subtítulos en alemán. Me parece que estoy soñando.

–Era broma, hombre, nos irá de coña.

Paul se puso al volante, Arthur se sentó a su lado y Lauren entre los dos.

–¿Quiere que conecte el faro giratorio y la sirena, doctor?

–¿Y tú quieres tomarte esto en serio?

–Ah, no, amigo mío, eso sí que no. Si intento considerar en serio que estoy en una ambulancia que me he agenciado para ir con mi socio a robar un cadáver a un hospital, me expongo a despertar y entonces tu plan se iría al garete. De modo que voy a hacer lo que sea por tomármelo lo menos en serio posible; así seguiré creyendo que estoy en un sueño... o en una pesadilla. El lado bueno es que las noches de los domingos siempre me han parecido tristes, y quieras que no esto da un poco de vidilla.

Lauren se echó a reír.

–¿A ti te hace gracia? –preguntó Arthur.

–¿Quieres dejar de hablar solo de una vez?

–No hablo solo.

–De acuerdo, hay un fantasma ahí detrás. Pero deja de hacer apartes con él, me pone nervioso.

–Es ella.

–¿Quién?

–Es una mujer, y oye todo lo que dices.

–Quiero los mismos cigarrillos que fumas tú.

–¡Conduce!

–¿Estáis siempre así? –preguntó Lauren.

–Muchas veces.

–Muchas veces ¿qué? –preguntó Paul.

–No hablaba contigo.

Paul frenó en seco.

–¿Qué te pasa? –preguntó Arthur.

–¡Para ya! ¡Te juro que me pones negro!

–Pero ¿qué te pasa?

–¿Que qué me pasa? ¡Pues que estoy hasta las narices de tu absurdo empeño en hablar solo!

–No hablo solo, Paul, hablo con Lauren. Por favor, confía en mí.

–Arthur, estás como un cencerro. Hay que acabar inmediatamente con esta historia; necesitas ayuda.

–¿Cuántas veces tengo que repetírtelo, joder? –repuso Arthur levantando la voz–. Lo único que te pido es que confíes en mí!

–¡Pues si quieres que confíe en ti, cuéntamelo todo! –gritó Paul–. Porque pareces un demente, haces cosas disparatadas, hablas solo, crees en historias de fantasmas de pacotilla y me embarcas en una aventura ridícula!

–Conduce, por favor. Yo intentaré contártelo y tú harás todo lo posible por entenderlo, ¿vale?

Y mientras la ambulancia atravesaba la ciudad, Arthur le contó a su cómplice de siempre lo increíble. Se lo contó todo desde el principio, desde la aparición en el armario hasta esa noche.

Olvidando por un instante la presencia de Lauren, le

habló de ella, de sus miradas, de su vida, de sus dudas, de su fuerza, de sus conversaciones, de la placidez de los ratos compartidos, de sus discusiones.

–Si está realmente aquí –lo interrumpió Paul–, la has pringado, amigo.

–¿Por qué?

–Porque lo que acabas de decir es una declaración en toda regla. –Paul volvió la cabeza y miró a su amigo–. En cualquier caso –añadió, con una sonrisa de satisfacción–, está claro que te crees la historia.

–¡Pues claro que me la creo! ¿Por qué lo dices?

–Porque te has puesto colorado. Nunca te había visto sonrojarte, y mira por dónde... –Y sin solución de continuidad, añadió–: Señorita cuyo cuerpo vamos a secuestrar, si está realmente aquí, le aseguro que mi colega está muy colgado de usted. ¡Yo nunca lo había visto así!

–Cállate y conduce.

–Voy a creerme la historia porque eres mi amigo y no me dejas elección. Si la amistad no es compartir todos los delirios, entonces, ¿qué es? Mira, aquí está el hospital.

–¡Qué pareja más entrañable! –dijo Lauren con expresión radiante, saliendo de su silencio.

–¿Adónde voy ahora?

–Dirígete a urgencias y aparca. Enciende el faro giratorio.

Bajaron los tres y se acercaron al mostrador de admisión, donde fueron saludados por una enfermera.

–¿Qué nos traéis? –dijo.

–Nada. Venimos a llevarnos a alguien –contestó Arthur en tono autoritario.

–¿A quién?

Arthur se presentó como el doctor Bronswick, iba a hacerse cargo de su paciente, que se llamaba Lauren Kline y debía ser trasladada esa noche. La auxiliar le pidió el volante de traslado y Arthur le tendió todo el fajo de documentos. Ella puso mala cara. ¡Tenían que llegar justo en el momento del cambio de servicio! Tardarían por lo menos media hora, y sólo faltaban cinco minutos para que ella acabara su turno. Arthur dijo que lo sentían mucho, pero que habían tenido mucho trabajo hasta ese momento.

–Yo también lo siento –replicó la enfermera.

Los envió a la habitación 505, en la quinta planta. Ella firmaría los documentos, se los dejaría sobre el asiento de la ambulancia cuando se marchara e informaría a su sustituta. ¡No eran horas de hacer un traslado! Arthur le contestó sin poderse contener que nunca era la hora adecuada, «siempre demasiado pronto o demasiado tarde». Ella se limitó a indicarles el camino.

–Voy a buscar la camilla –dijo Paul para poner fin a la discusión–. ¡Nos vemos arriba, doctor!

La enfermera se ofreció a ayudarlos con la boca chica, pero Arthur declinó su ofrecimiento y le pidió que buscara el expediente de Lauren y lo dejara con los demás papeles en la ambulancia.

–El expediente se queda de momento aquí. Lo enviarán por correo; usted debería saberlo –dijo ella, como extrañada de la petición.

–Ya lo sé, señorita –repuso Arthur en el acto–. Me refiero a su último control: constantes, recuentos, gases de la sangre, NFS, química, hematocritos...

–Te desenvuelves increíblemente bien –le susurró Lauren–. ¿Dónde has aprendido todo eso?

–En la tele –respondió él, también en un susurro.

Ese informe podría consultarlo en la habitación, dijo la enfermera, y se ofreció de nuevo a acompañarlo. Arthur le dio las gracias y la animó a acabar su turno a la hora prevista; se las arreglaría solo. Era domingo, se había ganado de sobra un descanso. Paul, que acababa de llegar con la camilla, asió a su cómplice de un brazo y se adentró con él en el pasillo. Subieron los tres en ascensor hasta la quinta planta. Las puertas acababan de abrirse cuando Arthur comentó, mirando a Lauren:

–Las cosas van bastante bien por ahora.

–¡Sí! –contestaron a coro Lauren y Paul.

–¿Me hablabas a mí? –preguntó Paul.

–A los dos.

De una habitación salió disparado un joven externo. Al llegar a su altura, se detuvo en seco, miró la bata de Arthur y lo agarró de los hombros.

–¿Es usted médico? –le preguntó, pillándolo desprevenido.

–No, bueno, sí, sí, claro, ¿por qué?

–Venga conmigo. Tengo un problema en la 508. ¡Menos mal que ha aparecido usted!

El estudiante de medicina regresó corriendo a la habitación de donde había salido.

–¿Qué hacemos? –preguntó Arthur, presa del pánico.

–¿A mí me lo preguntas? –repuso Paul, igual de aterrorizado.

–¡No, a Lauren!

–Vamos, no tenemos elección. Yo te ayudaré –dijo ésta.

–Vamos, no tenemos elección –repitió Arthur en voz alta.

–¿Cómo que vamos? ¡Tú no eres médico! ¡Será mejor que pongas fin a tu delirio antes de matar a alguien!

–Ella nos ayudará.

–Ah, bueno, si ella nos ayuda... –dijo Paul, levantando los brazos hacia el cielo–. Pero ¿por qué yo, Señor? ¿Por qué yo?

Entraron los tres en la 508. El externo estaba junto a la cabecera de la cama con una enfermera.

–Tiene arritmia cardíaca y es diabético –le dijo a Arthur, muerto de miedo–. No consigo reanimarlo. Sólo estoy en tercero.

–Pues para lo que le sirve... –musitó Paul.

–Corta la tira de papel que sale del monitor cardíaco –le susurró Lauren a Arthur al oído– y mírala de forma que yo pueda leerla.

–Enciendan una luz –dijo Arthur en tono autoritario.

Se dirigió al otro lado de la cama y arrancó el papel con el trazado del electrocardiograma. Lo desenrolló y se volvió.

–¿Lo ves así? –murmuró.

–¡Es una arritmia ventricular! ¡Ese tipo es una nulidad!

–Es una arritmia ventricular –repitió Arthur, palabra por palabra–. ¡Es usted una nulidad!

Paul puso los ojos en blanco mientras se pasaba una mano por la frente.

–Ya sé que es una arritmia ventricular, doctor, pero ¿qué hay que hacer?

–¡Usted no sabe nada, es una nulidad! ¿Qué hay que hacer? –repitió Arthur.

–Pregúntale qué le ha inyectado –contestó Lauren.

–¿Qué le ha inyectado?

–Nada.

–¡La situación es crítica, doctor! –intervino la enfermera con un tono de voz que revelaba lo fuera de sí que la había puesto el externo.

–¡Es usted una nulidad! –repitió Arthur–. A ver, ¿qué hay que hacer?

–¡Mierda, no le dé ahora una clase, doctor! ¡Este hombre está poniéndose gris por momentos!

–¡San Quintín, vamos directos a San Quintín! –exclamó Paul.

–Cálmese, hombre –le dijo Arthur a Paul–. Perdónelo –añadió, volviéndose hacia la enfermera–, es nuevo, pero era el único camillero disponible.

–Nefrina, una inyección de dos miligramos, y también aplicaremos una vía central, ¡Y ahí sí que va a complicarse el asunto, corazón! –dijo Lauren.

–Nefrina, una inyección de dos miligramos –repitió Arthur.

–¡Ya era hora! La tengo preparada, doctor –dijo la enfermera–. Esperaba que alguien tomara las riendas.

–Y después aplicaremos una vía central –anunció Arthur en una entonación medio interrogativa, medio afirmativa–. ¿Sabe usted aplicar una vía central? –le preguntó al externo.

–Haz que la aplique la enfermera, se pondrá loca de contenta. Los médicos nunca las dejan hacerlo –dijo Lauren antes de que el externo respondiera.

–No he aplicado nunca ninguna –dijo el externo.

–Señorita, usted aplicará la vía central.

–No, doctor. Me encantaría, pero no tenemos tiempo.

Yo se la preparo y usted la aplica. De todas formas, gracias por la confianza, es todo un detalle.

La enfermera se fue al otro extremo de la habitación para preparar la aguja y el tubo.

–¿Qué hago ahora? –preguntó en voz baja Arthur, presa del pánico.

–Nos vamos de aquí –contestó Paul–. Tú no vas a aplicar ni vía central, ni lateral, ni nada de nada. ¡Nos abrimos ahora mismo, tío!

–Sitúate delante de él –dijo Lauren– y apunta a una altura de dos dedos por debajo del esternón. Sabes qué es el esternón, ¿no? Yo te guiaré si no vas bien encaminado. Coloca la aguja con una inclinación de quince grados y clávala poco a poco pero con firmeza. Si has acertado, fluirá un líquido blancuzco; si has fallado, será sangre. Y reza para tener la suerte del principiante, porque si no, entonces sí que la hemos pringado, nosotros y el tipo que está ahí tendido.

–¡No puedo hacer eso! –murmuró Arthur.

–No tienes elección, y él tampoco. Morirá si no lo haces.

–Me has llamado antes «corazón» o lo he soñado?

Lauren sonrió.

–Adelante, y respira hondo antes de clavar la aguja.

La enfermera se acercó a ellos y le tendió la vía central a Arthur.

–Tómala por el extremo de plástico. ¡Buena suerte!

Arthur colocó la aguja a la altura que Lauren le había indicado. La enfermera lo miraba atentamente.

–Perfecto –murmuró Lauren–. Inclínala un poco menos..., clávala ya con decisión.

La aguja se introdujo en el tórax del paciente.

–¡Para ya! Haz girar la llave que hay en el tubo.

Arthur obedeció. Un líquido opaco comenzó a fluir por el tubo.

–¡Muy bien! Lo has hecho con mano maestra –dijo Lauren–. Acabas de salvarlo.

Paul, que había estado dos veces a punto de perder el conocimiento, no paraba de repetir en voz baja: «No puedo creerlo». El corazón del diabético, liberado ya del líquido que lo aplastaba, recuperó un ritmo normal. La enfermera le dio las gracias a Arthur.

–Ahora ya me ocupo yo –dijo.

Arthur y Paul se despidieron y salieron al pasillo. Paul asomó la cabeza por la puerta, sin poder evitarlo, y le espetó al externo:

–¡Es usted una nulidad!

Y mientras caminaban, le dijo a Arthur:

–¡Me has hecho pasar un miedo horroroso!

–Ella me ha ayudado, me ha dicho todo lo que tenía que hacer.

Paul meneó la cabeza.

–Voy a despertarme, y cuando te llame por teléfono para contarte la pesadilla que estoy teniendo, te echarás a reír. ¡No te puedes ni imaginar lo que vas a reírte y burlarte de mí!

–Vamos, Paul, no tenemos tiempo que perder.

Entraron los tres en la habitación 505. Arthur pulsó el interruptor y los tubos de neón empezaron a vibrar. Se acercó a la cama.

–Ayúdame –le dijo a Paul.

–¿Es ella?

–No, es el tipo de al lado... ¡Pues claro que es ella! Acerca la camilla a la cama.

–¿Es que te has pasado la vida haciendo esto?

–Eso es, pasa las manos por debajo de las rodillas, y ten cuidado con la perfusión. A la de tres la levantamos. Uno, dos... ¡tres!

El cuerpo de Lauren fue trasladado a la camilla con ruedas. Arthur lo arropó, descolgó el frasco de la perfusión y lo colgó del gancho que quedaba encima de su cabeza.

–Fase 1 finalizada. Ahora bajamos deprisa pero sin precipitarnos.

–¡Sí, doctor! –contestó Paul en tono malhumorado.

–Os desenvolvéis muy bien –murmuró Lauren.

Regresaron hacia el ascensor. Desde el otro extremo del pasillo, la enfermera llamó a Arthur, que se volvió lentamente.

–¿Sí?

–Todo va ya perfectamente. ¿Quiere que le eche una mano?

–No, aquí también va todo bien.

–Gracias otra vez.

–De nada.

Se abrieron las puertas y entraron en la cabina. Arthur y Paul suspiraron al unísono.

–¡Tres top-models, quince días en Hawai, un Testarossa y un velero!

–¿Cómo dices?

–Mis honorarios por esta noche.

El vestíbulo estaba vacío cuando salieron del ascensor. Lo cruzaron a paso rápido. Cargaron el cuerpo de Lauren en la parte trasera de la ambulancia y después ocuparon sus respectivos asientos.

Encima del de Arthur estaban los documentos de traslado acompañados de una nota: «Llámeme mañana. Faltan dos datos en el formulario de traslado. Karen (415) 725 00 00-extensión 2154. P.D.: Buen seguimiento».

La ambulancia salió del Memorial Hospital.

–Pues es bastante fácil llevarse a un enfermo –comentó Paul.

–Porque no es una cosa que le interese hacer a mucha gente –contestó Arthur.

–Me parece muy comprensible. ¿Adónde vamos?

–Primero a mi casa, y después a un sitio que también está en coma y que vamos a despertar entre los tres.

La ambulancia subió por Market Street y giró en Van Ness. En su interior reinaba el silencio.

Según el plan trazado por Arthur, deberían volver a su casa y trasladar el cuerpo a su coche. A continuación, mientras Paul llevaba el vehículo al garaje de su padre, Arthur bajaría todas las cosas preparadas para el viaje y la estancia en Carmel. El material farmacéutico había sido cuidadosamente empaquetado y almacenado en el gran frigorífico General Electric.

Al llegar ante el garaje, Paul accionó el mando a distancia de la puerta deslizante, pero ésta no se movió.

–En las noveluchas policíacas siempre pasan cosas así –dijo.

–¿Qué ocurre? –preguntó Arthur.

–No, en las noveluchas policíacas, el compinche adopta una actitud menos afectada y más chulesca y dice: «¿Qué cabronada es ésta?». En este caso, se trata de la puerta teledirigida de tu aparcamiento, que no se abre, y estamos en una ambulancia del garaje de mi padre, con un cuerpo dentro, delante de tu casa a la hora en que todos tus vecinos van a sacar al perro a hacer pipí.

–¡Mierda!

–Eso es más o menos lo que yo decía, Arthur.

–Pásame el mando.

Paul se lo entregó, encogiéndose de hombros. Arthur, nervioso, pulsó el botón, pero la puerta siguió sin abrirse.

–Y encima me toma por un inútil.

–Se ha acabado la pila –dijo Arthur.

–Claro, es la pila –repuso Paul, sarcástico–. A todos los genios acaban echándoles el guante por culpa de un detalle como ése.

–Voy a buscar una. Tú da la vuelta a la manzana mientras tanto.

–¡Reza para encontrar una en algún cajón, genio!

–No contestes y sube a casa –intervino Lauren.

Arthur bajó de la ambulancia y subió corriendo la escalera, entró precipitadamente en el apartamento y empezó a registrar todos los cajones. Ninguna pila a la vista. Vació el del secreter, los de la cómoda, los de la cocina... Mientras tanto, Paul daba la quinta vuelta a la manzana.

–Si consigo no llamar la atención de una patrulla es que soy el tipo con más suerte de toda la ciudad –masculló Paul al iniciar la sexta vuelta, justo un momento antes de que apareciera un coche de policía–. Pues no, no he tenido suerte, con lo bien que me hubiera ido...

El coche se detuvo a su altura y el policía le indicó que bajara la ventanilla. Paul obedeció.

–¿Se ha perdido?

–No. Estoy esperando a un compañero que ha subido a buscar unas cosas. Vamos a llevar a Daisy al garaje.

–¿Quién es Daisy? –preguntó el policía.

–La ambulancia. Es su último día, le ha llegado la hora... Llevamos diez años juntos ella y yo, y resulta duro separarse, ¿sabe? Montones de recuerdos, toda una vida...

El policía asintió con la cabeza. Lo entendía, sí, pero le pidió que no se entretuviera mucho. De lo contrario, en la central empezarían a recibir llamadas. En aquel barrio, la gente era curiosa e inquieta.

–Lo sé, agente, vivo aquí. En cuanto baje mi compañero nos vamos. Buenas noches.

El agente le dio también las buenas noches y el coche de policía se alejó. En el interior, el conductor se apostó diez dólares con su compañero a que no estaba esperando a nadie.

–Seguramente no se decide a entregar el cacharro. La verdad es que debe de dar pena, después de llevar diez años conduciéndolo.

–Sí, pero ésos son los mismos que se manifiestan porque el ayuntamiento no les da pasta para renovar el material.

–Ya, pero diez años unen mucho.

–Unen mucho, sí...

El apartamento estaba casi tan revuelto como Arthur. De pronto, éste se quedó inmóvil en medio del salón, intentando pensar algo que los salvara.

–El mando del televisor –murmuró Lauren.

Se volvió hacia ella, estupefacto, y se abalanzó sobre la

pequeña caja negra. Arrancó literalmente la tapa, sacó la pila cuadrada y la puso rápidamente en el mando del garaje. Corrió hacia la ventana y pulsó el botón.

Paul, furioso, se disponía a dar la novena vuelta cuando vio que la puerta se abría. Se metió, rezando para que se cerrara más deprisa de lo que se había abierto. «Era realmente la pila. ¡Será tonto!»

Entretanto, Arthur bajó por la escalera hasta el garaje.

–Encontré una.

–¡Voy a matarte!

–En vez de acabar conmigo, será mejor que me ayudes. Todavía tenemos trabajo.

–¡Pero si no hago otra cosa que ayudarte!

Trasladaron el cuerpo de Lauren con gran delicadeza. Lo sentaron detrás, con el recipiente de la perfusión colocado entre los dos brazos, y lo arroparon con una manta. La cabeza reposaba en la portezuela; desde fuera, todo el mundo hubiera creído que estaba dormida.

–Tengo la impresión de estar en una película de Tarantino –dijo Paul–, con un gángster que quita de en medio...

–¡Cállate, no digas idioteces!

–¿Y qué? ¿Estamos sensibles a las idioteces esta noche? ¿Eres tú el que va a devolver la ambulancia?

–No, lo que pasa es que ella se encuentra a tu lado y estabas a punto de decir algo que iba a resultarle hiriente.

Lauren apoyó una mano en su hombro.

–No discutáis. Los dos habéis tenido un día duro –dijo en un tono apaciguador.

–Tienes razón. Continuemos.

–¿Tengo razón cuando no digo nada? –masculló Paul.

–Ve al garaje de tu padre –prosiguió Arthur–. Yo pasaré a buscarte dentro de diez minutos. Voy a subir a buscar el resto de las cosas.

Paul subió en la ambulancia y salió sin decir nada. Esta vez, la puerta del garaje se había abierto a la primera. En el cruce de Union Street estaba el coche de policía ocupado por los agentes que se habían dirigido antes a él, pero Paul no lo vio.

–Deja pasar un coche y síguelo –dijo uno de ellos.

La ambulancia giró en Van Ness, seguida de cerca por el vehículo 627 de la policía municipal. Cuando diez minutos más tarde entró en el garaje, los policías aminoraron la marcha y reanudaron su ronda normal. Paul no supo nunca que lo habían seguido.

Arthur llegó un cuarto de hora más tarde. Paul salió a la calle y subió al coche.

–¿Has hecho una visita turística por San Francisco?

–He conducido despacio por ella.

–¿Has planeado llegar al amanecer?

–Exacto, y ahora relájate, Paul. Casi lo hemos logrado. Acabas de hacerme un favor inestimable, lo sé; lo que no sé es cómo decírtelo. Y te has arriesgado, también lo sé.

–Venga, conduce. No soporto los agradecimientos.

El coche salió de la ciudad por la carretera 280 sur. Enseguida se desviaron hacia Pacifica, antes de adentrarse en la carretera número 1, la que bordea los acantilados, la que conduce a la bahía de Monterrey, a Carmel, la que debería haber tomado Lauren una mañana de principios del verano anterior, al volante de su viejo Triumph.

El paisaje era espectacular. Los acantilados parecían

recortarse en la oscuridad como un encaje negro. Una luna inacabada dibujaba los contornos de la carretera. Circulaban a los sones del concierto para violín de Samuel Barber.

Arthur había dejado a Paul al volante y miraba por la ventanilla. Al final de aquel viaje le esperaba otro despertar. El de muchos recuerdos dormidos durante mucho tiempo.

CAPÍTULO 10

Arthur había estudiado arquitectura en la Universidad de San Francisco. A los veinticinco años había vendido el pequeño apartamento que había heredado de su madre y se había marchado a Europa, a París, para realizar dos cursos en la escuela Camando. Se había instalado en un pequeño estudio de la calle Mazarine y había vivido dos años apasionantes. Después había hecho un curso de un año en Florencia antes de regresar a su California natal.

Cargado de diplomas, entró en el estudio de Miller, arquitecto diseñador muy famoso en la ciudad, donde realizó los dos años de prácticas mientras trabajaba a tiempo parcial en el Museo de Arte Moderno. Allí fue donde conoció a Paul, su futuro socio, con el que dos años más tarde montó un estudio de arquitectura. Gracias al desarrollo económico de la región, el estudio fue adquiriendo poco a poco notoriedad y llegó a emplear a cerca de veinte personas. Paul hacía «negocios» y Arthur dibujaba: muebles, inmuebles, casas y objetos. Jamás hubo ninguna sombra entre esos dos amigos a los que nada ni nadie mantenía alejados uno de otro más de unas horas.

Tenían muchos puntos en común que los unían. Un sentido de la amistad similar, el placer de vivir y una infancia cargada de emociones comparables. Las carencias también eran idénticas.

Al igual que Paul, Arthur había sido criado por su madre. El padre de Paul había abandonado a su familia cuando el niño tenía cinco años y no había vuelto a aparecer; Arthur tenía tres años cuando su padre se marchó a Europa. «Su avión subió tan arriba que se quedó enganchado en las estrellas.»

Los dos habían crecido en el campo. Los dos habían estado internos. Se habían hecho hombres solos.

Lilian había esperado mucho tiempo y finalmente le había dicho adiós a su marido, al menos aparentemente. Los diez primeros años de su vida, Arthur los había pasado fuera de la ciudad, a orillas del mar, cerca del delicioso pueblo de Carmel, donde Lili –así era como él llamaba a su madre– tenía una gran casa. Estaba construida en madera blanca y rodeada de un vasto jardín que descendía hasta la playa. Antoine, un viejo amigo de Lili, vivía en un pequeño anexo de la propiedad. Se trataba de un artista que había ido a parar allí y a quien Lili había acogido, o «recogido», como decían los vecinos. Mantenía con ella el jardín, las cercas y las fachadas de madera, que pintaban casi todos los años, así como largas conversaciones por la noche. Amigo y cómplice, para Arthur era la presencia masculina que había desaparecido unos años antes de su vida. Arthur empezó a ir al colegio municipal de Monterrey. Por la mañana lo llevaba Antoine, y por la tarde, hacia las cuatro, iba a buscarlo su madre. Aquellos años de su vida fueron preciosos. Su madre era además su mejor amiga. Lili le enseñó todo lo que un corazón puede amar. A veces lo despertaba temprano, simplemente para enseñarle a contemplar la salida del sol, a escuchar los ruidos del día que nace. Le enseñó a distinguir los perfumes de las flores. Por el simple borde de una hoja le hacía reconocer el árbol al que pertenecía. Lo llevaba al gran jardín que rodeaba la casa de Carmel y que descendía hasta el mar, para descubrir todos los detalles de una naturaleza que ella «civilizaba» en algunas zonas, mientras que otras las dejaba deliberadamente silvestres. En las dos estaciones marcadas por el verde y el ámbar, le hacía recitar el nombre de los pájaros que hacían un alto en las copas de las secuoyas en un paréntesis de su largo viaje.

En el huerto que Antoine cultivaba con veneración, le hacía recolectar las verduras que crecían como por arte de magia, «sólo las que estaban a punto». A orillas del mar, le hacía contar las olas que algunos días iban a acariciar las rocas, como para tratar de que se les perdonara su violencia de otras estaciones, «para captar la respiración del mar, su tensión, su estado de ánimo». «El mar sostiene la mirada; la tierra, nuestros pies», decía. Por la intensidad del vínculo que une las nubes a los vientos, le enseñaba cómo adivinar el tiempo que haría sin lugar a dudas, y raras eran las veces que se equivocaba. Arthur conocía el jardín como la palma de su mano, podía desplazarse por él con los ojos cerrados, incluso andando hacia atrás. Ningún rincón le resultaba desconocido. Cada madriguera tenía un nombre, y todo animal que decidía dormirse allí para siempre, su sepultura. Pero, por encima de todo, le había enseñado a amar y a podar las rosas. La rosaleda era un lugar como impregnado de magia, donde se mezclaban cientos de perfumes. Lili lo llevaba para contarle cuentos en los que los niños sueñan con hacerse adultos y los adultos con volver a ser niños. De todas las flores, las rosas eran sus preferidas.

Una mañana de principios de verano entró en su habitación al despuntar el día, se sentó en la cama, junto a su cabeza, y empezó a acariciarle el pelo.

–Levántate, Arthur, vas a venir conmigo.

El niño asió los dedos de su madre, los apretó con su manita y se volvió, con la mejilla contra la palma de su mano. Una sonrisa que expresaba perfectamente la ternura del momento iluminó su cara. La mano de Lili tenía un olor que no se borraría nunca de la memoria olfativa de Arthur. Una mezcla de varias esencias de perfume que ella preparaba sentada ante su tocador y que todas las mañanas se aplicaba en el cuello. Uno de esos recuerdos que van unidos a la memoria de las fragancias.

–Venga, cariño, que tenemos que hacer una carrera con el sol. Te espero en la cocina dentro de cinco minutos.

El niño se puso unos pantalones viejos de algodón y un grueso jersey y se desperezó bostezando. Se había vestido en silencio –ella le había enseñado a respetar la quietud del alba– y se había calzado las botas de goma, pues sabía perfectamente adónde irían después de desayunar. Una vez a punto, fue a la gran cocina.

–No hagas ruido. Antoine todavía está durmiendo.

Ella le había enseñado a apreciar el sabor del café, pero sobre todo su aroma.

–¿Estás bien, Arthur?

–Sí.

–Entonces abre los ojos y mira atentamente a tu alrededor. Los buenos recuerdos no deben ser efímeros. Impregnate de los colores y los materiales. A partir de ellos se desarrollarán los gustos y las nostalgias que tendrás cuando seas un hombre.

–¡Pero si soy un hombre!

–Quería decir un adulto.

–¿Tan diferentes somos los niños?

–Ya lo creo que sí. Los mayores tenemos angustias que los niños desconocéis, miedos, podríamos decir.

–¿De qué tienes miedo tú?

Ella le explicó que los adultos tenían miedo de toda clase de cosas: miedo a envejecer, miedo a morir, miedo a lo que no han vivido, a la enfermedad, en ocasiones incluso a la mirada de los niños, a que se les juzgue.

–¿Sabes por qué tú y yo nos llevamos tan bien? Porque yo no te miento, porque te hablo como le hablaría a un adulto, porque no tengo miedo. Confío en ti. Los adultos tienen miedo porque no saben tener en cuenta las cosas. Eso es lo que yo te enseño. Ahora estamos viviendo un buen momento, compuesto de una gran variedad de detalles: nosotros dos, esta mesa, nuestra conversación, mis manos, que tú estás mirando desde hace un rato, el olor de esta habitación, este decorado que te es familiar, la calma del día que despunta.

Se levantó, tomó los tazones y los dejó en el fregadero de loza. Después pasó un trapo por la mesa, empujando el montoncito de migas hasta el borde y recogiéndolo en el hueco de la mano. Junto a la puerta había un cesto de mimbre lleno de utensilios de pesca. Encima de todo, envuelto en un paño, había pan, queso y salchichón. Lili tomó el cesto con una mano y a Arthur con la otra.

–Ven, cariño, está haciéndose tarde.

Madre e hijo recorrieron el camino que conducía al pequeño puerto.

–Mira esas barquitas de todos los colores. Parecen un ramo de flores marinas.

Como de costumbre, Arthur se metió en el agua, liberó la embarcación de su atadura y la arrastró hasta la orilla. Lili depositó dentro el cesto y embarcó.

–Vamos, rema, cariño.

El esquife iba alejándose a medida que el niño movía los remos. Antes de que dejara de verse el perfil de la costa, los metió en el interior de la barca. Lili ya había puesto el cebo en los anzuelos. Tal como acostumbraba a hacer, sólo le prepararía el primer sedal; después tendría que clavar solo la lombriz roja, que se retorcería entre sus dedos produciéndole un intenso asco. Con el carrete de corcho entre los pies, en el suelo de la barca, se pasó el hilo de nailon alrededor del dedo índice y lo arrojó al agua, lastrado con el plomo que arrastraría a toda velocidad el cebo hacia el fondo. Si el sitio era bueno, no tardaría en sacar un pez de roca.

Estaban sentados frente a frente, silenciosos desde hacía unos minutos. Ella lo miró intensamente.

–Arthur, tú sabes que no sé nadar. ¿Qué harías si me cayera al agua? –le preguntó con una voz extraña.

–Iría a buscarte –respondió el niño.

Lili montó en cólera inmediatamente.

–¡Eso es una estupidez!

Arthur se quedó paralizado por la violencia de la réplica.

–¡Remar hasta llegar a tierra, eso es lo que tendrías que hacer! –prosiguió Lili, gritando–. Lo único que importa es tu vida, no lo olvides nunca, y no cometas jamás la ofensa de jugar con ese regalo único. ¡Júralo!

–Lo juro –dijo el niño, atemorizado.

–¿Lo ves? –dijo su madre, serenándose–. Dejarías que me ahogara.

Entonces el niño se echó a llorar. Lili enjugó las lágrimas de su hijo con el reverso del dedo índice.

–A veces somos impotentes ante nuestros deseos, nuestras inclinaciones o nuestros impulsos, y eso produce un tormento con frecuencia insoportable. Ese sentimiento te acompañará toda la vida; unas veces lo olvidarás y otras será como una obsesión. Una parte del arte de vivir depende de la capacidad de cada uno para combatir su propia impotencia. Es difícil, porque la impotencia engendra a menudo miedo, y éste aniquila la capacidad de reaccionar, la inteligencia y el sentido común, abriéndole la puerta a la debilidad. Experimentarás muchos miedos. Lucha contra ellos, pero no los sustituyas por vacilaciones demasiado largas. ¡Piensa, decide y actúa! No tengas dudas; la incapacidad para asumir las elecciones propias genera cierta dificultad para vivir. Cada pregunta puede convertirse en un juego, cada decisión que tomes te podrá enseñar a conocerte, a comprenderte.

»¡Haz que se mueva el mundo, tu mundo! Mira este paisaje que se ofrece a tu vista, admira con qué delicadeza está cincelada la costa, parece encaje, el sol hace vibrar en ella miles de luces, todas ellas diferentes. Cada árbol se balancea a su velocidad, movido por las caricias del viento. ¿Tú crees que la naturaleza tuvo miedo a la hora de inventar tantos detalles, tanta densidad? Pero lo más hermoso que nos ha dado la tierra, lo que nos convierte en seres humanos, es la dicha de compartir. Quien no sabe compartir carece de emociones. Mira, Arthur, esta mañana que estamos pasando juntos se grabará en tu memoria. Más adelante, cuando yo ya no esté aquí, pensarás en ella, y ese recuerdo te producirá bienestar porque hemos compartido este instante. Si yo cayera al agua, tú no te arrojarías para salvarme; sería una tontería. Lo que harías es tenderme la mano para ayudarme a subir de nuevo a bordo, y si no lo consiguieras y yo me ahogara, tú tendrías la conciencia tranquila. Habrías tomado la buena decisión de no exponerte a morir inútilmente, pero lo habrías intentado todo para salvarme.

Mientras él remaba hacia la orilla, ella le tomó la cabeza entre sus manos y lo besó con ternura en la frente.

–¿Te doy pena?

–Sí. Tú nunca te ahogarás si yo estoy aquí. A pesar de todo me echaré al agua; tengo fuerza para subirte a la barca.

Lili se extinguió con la misma elegancia que había vivido. La mañana siguiente a su muerte, el niño se acercó a la cama de su madre.

–¿Por qué?

El hombre que estaba de pie junto a la cama no dijo nada. Bajó los ojos y miró al niño.

–Estábamos tan unidos..., ¿por qué no me ha dicho adiós? Yo nunca hubiera hecho una cosa así. Tú que eres mayor, ¿sabes por qué? ¡Dímelo! Tengo que saberlo, todo el mundo miente siempre a los niños, los adultos creen que somos ingenuos. Si eres valiente, dime la verdad. ¿Por qué se ha marchado así, mientras yo dormía?

La mirada de un niño a veces te hace remontarte tanto en tus recuerdos que es imposible no dar una respuesta a la pregunta formulada.

Antoine apoyó las manos en sus hombros.

–No ha podido hacer otra cosa; la muerte no espera a que se la invite, se impone. Tu madre se ha despertado a media noche, con un dolor terrible, ha esperado que saliera el sol, y pese a toda su voluntad de permanecer despierta, se ha ido quedando dormida.

–Entonces la culpa la he tenido yo. Estaba durmiendo.

–No, claro que no. No debes ver las cosas así. ¿Quieres saber la razón de que se haya ido sin despedirse?

–Sí.

–Tu madre era una gran dama, y todas las grandes damas saben irse dignamente, abandonando a sí mismos a los que quieren.

El niño leyó con claridad en los ojos emocionados del hombre, percibiendo una complicidad que hasta entonces sólo había presentido. Siguió la lágrima que corría por su mejilla y se colaba a través de la incipiente barba. El hombre le pasó el dorso de la mano por encima de los párpados.

–Estoy llorando –dijo–, y tú deberías hacer lo mismo. Las lágrimas arrastran los sufrimientos lejos de la pena.

–Lloraré más tarde –dijo el muchacho–. Este sufrimiento todavía me une a ella y quiero seguir conservándolo. Ella era toda mi vida.

–No, jovencito, tu vida está ante ti, no en tus recuerdos. Eso es lo que ella te ha enseñado. Respétalo, Arthur, no olvides jamás lo que ella te decía ayer aún: «Todos los sueños tienen un precio». Tú pagas con su muerte el precio de los sueños que ella te ha dado.

–Pues son muy caros esos sueños. Antoine, déjame solo.

–Pero si estás solo con ella. Cierra los ojos y olvidarás mi presencia; ésa es la fuerza de las emociones. Estás solo contigo mismo, y ahora empieza un largo camino.

–Está guapa, ¿verdad? Yo creía que la muerte me daría miedo, pero la veo hermosa.

Tomó una mano de su madre; las venas azuladas que se dibujaban en la piel, muy suave y clara, parecían describir el curso de su vida, largo, tumultuoso, colorido. Acercó la cara a ella y se acarició lentamente la mejilla antes de depositar un beso en la palma.

¿Qué beso de hombre podría rivalizar con tanto amor?

–Te quiero –dijo–, te he querido como quiere un niño, y ahora estarás en mi corazón de hombre hasta el último día.

–¿Arthur? –dijo Antoine.

–Sí...

–Toma, es una carta suya para ti. Ahora te dejo solo.

Una vez solo, Arthur olió el sobre y aspiró el perfume que lo impregnaba. Luego lo abrió.

Querido Arthur:

Cuando leas esta carta, sé que en alguna parte, en el fondo de ti, estarás muy enfadado conmigo por haberte gastado esta jugarreta.

Arthur, ésta es mi última carta y es también mi testamento de amor.

Mi alma emprende el vuelo impulsada por toda la felicidad que me has proporcionado. La vida es maravillosa, Arthur; nos damos cuenta cuando se retira de puntillas, pero se saborea con el apetito de todos los días.

En determinados momentos nos hace dudar de todo, pero tú no te rindas nunca, mi vida. Desde el día que naciste he visto en tus ojos esa luz que te convierte en un niño muy distinto de los demás. Te he visto caer y levantarte apretando los dientes, en circunstancias en las que cualquier otro niño habría llorado. Ese valor es lo que te da fuerza, pero también es tu punto débil.

Ten cuidado; las emociones están hechas para ser compartidas, la fuerza y el valor son como dos bastones que pueden volverse contra el que los utiliza mal. Los hombres también tienen derecho a llorar, Arthur, los hombres también sufren.

A partir de ahora ya no estaré ahí para responder a tus preguntas de niño, porque ha llegado para ti el momento de convertirte en un hombrecito.

En el largo periplo que te espera, no pierdas nunca tu alma de niño, no olvides nunca tus sueños; serán el motor de tu existencia, formarán el sabor y el olor de tus mañanas. Muy pronto conocerás un amor distinto del que sientes por mí. Cuando llegue ese día, compártelo con la persona que te quiera; los sueños vividos en pareja constituyen los recuerdos más hermosos. La soledad es un jardín donde el alma se seca; las flores que crecen en él no tienen perfume.

El amor tiene un sabor maravilloso. Recuerda que, para recibir, hay que dar; recuerda que, para poder amar, hay que ser uno mismo. Confía en tu instinto, hijo, sé fiel a tu conciencia y a tus emociones, vive tu vida, sólo tienes una. Ahora eres responsable de ti mismo y de aquellos a los que quieras. Sé digno, ama, no pierdas esa mirada que tanto nos unía cuando compartíamos el amanecer. Recuerda las horas que hemos pasado juntos podando los rosales, contemplando la luna, identificando el perfume de las flores, escuchando los ruidos de la casa para comprenderlos. Son cosas muy sencillas, en ocasiones desusadas, pero no dejes que las personas amargadas o hastiadas desvirtúen esos instantes mágicos para quien sabe vivirlos. Esos momentos tienen un nombre, Arthur: fascinación. Y que tu vida sea una fascinación sólo depende de ti. Es el mayor deleite de ese largo viaje que te espera.

Hijo mío, te dejo. Aférrate a la tierra, es muy hermosa. Te quiero, has sido mi razón de vivir, y sé cuánto me quieres tú también. Me voy tranquila, estoy orgullosa de ti.

Mamá

El niño dobló la carta y se la guardó en el bolsillo. Besó la frente helada de su madre. Recorrió la biblioteca, pasando los dedos por los lomos de los libros. «La muerte de una madre es comparable al incendio de una biblioteca», decía ella. Salió de la habitación caminando con paso decidido, como ella le había enseñado: «Cuando un hombre se va, nunca debe volverse».

Arthur salió al jardín; el rocío de la mañana dispensaba un suave frescor. El niño se acercó a los rosales y se arrodilló.

–Se ha ido, ya no vendrá a podaros las ramas. Si supierais –dijo–, si pudierais comprender... Tengo la impresión de que los brazos me pesan terriblemente.

El viento hizo responder a las flores moviendo sus pétalos; sólo entonces liberó Arthur sus lágrimas, allí, en la rosaleda. Desde la casa, de pie en el porche, Antoine contemplaba la escena.

–Lili, te has marchado demasiado pronto para él, demasiado pronto. Arthur se ha quedado solo. ¿Quién salvo tú sabía entrar en su universo? Si tienes algún poder allí donde estás ahora, ábrele las puertas de nuestro mundo.

Un cuervo graznó al fondo del jardín con todas sus ganas.

–Ah, no, Lili, eso no –dijo Antoine–. Yo no soy su padre.

Aquel día fue el más largo que vivió Arthur; muy entrada la noche, sentado en el porche, seguía respetando el silencio de aquel momento tan doloroso.

Antoine estaba sentado a su lado, pero ninguno de los dos hablaba. Ambos escuchaban los ruidos de la noche, sumergidos en la memoria de aquellas paredes. Poco a poco, las notas de una música desconocida hasta entonces comenzaron a danzar en la cabeza del pequeño: las corcheas hacían caer los sustantivos, las blancas, los adverbios, las negras, los verbos, y los silencios, todas las frases que ya no querían decir nada.

–¿Antoine?

–Sí, Arthur...

–Me ha dado su música.

Y a continuación, el niño se durmió entre los brazos de Antoine.

Antoine permaneció inmóvil largo rato, sujetando a Arthur por debajo del brazo, por miedo a despertarlo. Cuando estuvo seguro de que dormía profundamente, lo tomó en brazos y entró en la casa. Sólo hacía unas horas que Lili se había ido y la atmósfera ya había cambiado. Una resonancia indescriptible, ciertos olores y ciertos colores parecían difuminarse para desaparecer mejor.

«Tenemos que grabar nuestros recuerdos, congelar estos instantes», murmuraba Antoine mientras subía la escalera. Al llegar al dormitorio de Arthur dejó al niño en la cama y lo tapó con una manta sin desnudarlo. Antoine acarició la cabeza del chiquillo y salió de puntillas.

Lili, antes de irse, lo había previsto todo. Unas semanas después de su muerte, Antoine cerró la gran casa y sólo dejó abiertas las dos estancias de abajo, donde se instaló para vivir el resto de sus días. Llevó a Arthur a la estación y lo acompañó hasta un tren que lo conduciría a un internado. Allí, Arthur creció solo. La vida de interno era agradable; se respetaba a los profesores, y a algunos hasta se les quería. Sin lugar a dudas, Lili había escogido el mejor sitio para él. Aparentemente, en aquel universo no había nada triste. Pero al entrar en él, Arthur se llevó los recuerdos que le había dejado su madre y llenó su cabeza con ellos hasta que ocuparon todo el espacio disponible. Aprendió a no vivir nada mal. Con los dogmas de Lili, elaboraba actitudes, gestos, razonamientos de lógica siempre implacable. Arthur era un niño tranquilo; el adolescente que le sucedió conservó la misma lógica, además de desarrollar un sentido de la observación fuera de lo común. El joven en que se convirtió parecía no tener nunca arrebatos. Fue un alumno normal, ni excelente ni malo; sus notas se situaban siempre ligeramente por encima de la media, salvo en historia, donde destacaba, y aprobó tranquilamente todos los cursos hasta acabar la enseñanza secundaria. Finalizada esta etapa, fue convocado por la directora del colegio una tarde de junio. Ésta le contó que su madre, enterada de que padecía esa enfermedad que sólo te deja la duda de cuánto tiempo te concederá antes de llevársete, había ido a verla dos años antes de morir. Había pasado horas y horas disponiendo todos los detalles de su educación. Los estudios de Arthur estaban pagados hasta bien pasada la mayoría de edad. Al irse había hecho depositaria a la señora Senard, la directora, de varias cosas. Las llaves de la casa de Carmel, donde él había crecido, y las de un pequeño apartamento en la ciudad. El apartamento había estado alquilado hasta el mes anterior, pero había sido desalojado, de conformidad con las instrucciones dadas por su madre, al llegar él a la mayoría de edad. El dinero del alquiler había sido ingresado en una cuenta a su nombre, así como el resto de los ahorros que le había legado. Una bonita suma que le permitiría cursar estudios superiores e incluso mucho más.

Arthur tomó el manojo de llaves que la señora Senard había dejado sobre la mesa. El llavero era una bolita de plata con una ranura en medio y un minúsculo cierre. Arthur lo levantó y la bola se abrió, mostrando una pequeñísima foto en cada lado. Una era de él cuando tenía siete años; la otra, de Lili. Arthur cerró con delicadeza el llavero.

–¿Qué estudios superiores piensas cursar? –le preguntó la directora.

–Arquitectura. Quiero ser arquitecto.

–¿No irás a Carmel, a esa casa?

–No, todavía no, más adelante.

–¿Por qué?

–Ella sabe por qué. Es un secreto.

La directora se levantó y él hizo lo propio. Cuando llegaron a la puerta del despacho, lo abrazó con fuerza. Entonces puso en la mano de Arthur un sobre y cerró sus dedos sobre él.

–Es de ella –le susurró al oído–. Es para ti. Me pidió que te la entregara justo en este momento.

En cuanto la señora Senard abrió los dos batientes de la puerta, Arthur se adentró en el pasillo sin volverse, con las largas y pesadas llaves en una mano y la carta en la otra. Dobló al llegar a la gran escalera, y entonces ella cerró las dos grandes puertas de su despacho.

CAPÍTULO 11

El coche recorría los últimos minutos de aquella larga noche; los faros iluminaban las franjas naranja y blanco que alternaban entre cada curva trazada al borde de los acantilados y cada línea recta enmarcada por un pantano y una playa desierta. Lauren se había adormilado; Paul conducía en silencio, concentrado en la carretera y sumido en sus pensamientos. Arthur aprovechó ese momento para sacar discretamente del bolsillo la carta que había guardado allí cuando tomó el manojo de largas y grandes llaves del secreter de su casa.

Cuando abrió el sobre, un olor cargado de recuerdos salió de su interior, mezcla de dos esencias que su madre preparaba en una gran botella de cristal amarillo con el tapón de plata mate. El aroma escapado de su envoltorio liberó el recuerdo que Arthur tenía de ella. Sacó la carta del sobre y la desdobló con cuidado.

Querido Arthur:

Si lees esta carta es porque al final te has decidido a emprender el camino hacia Carmel.

Me encantaría saber qué edad tienes ahora.

Tienes en las manos las llaves de la casa donde pasamos juntos unos años preciosos. Sabía que no volverías enseguida, que esperarías hasta sentirte preparado para despertarla.

Querido Arthur, dentro de nada cruzarás esa puerta cuyo ruido me es muy familiar. Recorrerás las habitaciones impregnadas de cierta nostalgia. Abrirás poco a poco los postigos para dejar entrar la luz del sol, que tanto voy a echar de menos. Volverás a la rosaleda y poco a poco te irás acercando a las rosas. Durante todo este tiempo, forzosamente se habrán vuelto salvajes.

También entrarás en mi despacho y te instalarás en él. En el armario encontrarás una pequeña maleta negra; ábrela si tienes ganas y fuerzas. Contiene cuadernos llenos de páginas que te escribí todos los días a lo largo de tu infancia.

Tienes la vida ante ti; tú eres su único dueño. Sé digno «de todo lo que yo he amado».

Te quiero desde allí arriba y velo por ti.

Tu madre, Lili

Cuando llegaron a la bahía de Monterrey despuntaba el día. El cielo estaba cubierto de una seda rosa claro, trenzada en largas cintas ondulantes que en algunos puntos parecían unirse con el mar en el horizonte. Arthur indicó el camino. Habían pasado años. Él nunca había recorrido aquella carretera sentado delante, pero cada kilómetro le resultaba familiar, cada cercado y cada puerta que dejaban atrás surgían de su memoria infantil. Hizo una señal con la mano cuando hubo que dejar la carretera principal. Después de la siguiente curva, se vislumbrarían los límites de la finca. Paul siguió sus indicaciones; llegaron a un camino de tierra azotada por las lluvias invernales y secada por los calores del estío. Al doblar una curva, la puerta de hierro forjado verde se alzó ante ellos.

–Ya hemos llegado –dijo Arthur.

–¿Tienes las llaves?

–Sí, voy a abrir. –Bajó del coche–. Tú ve hasta la casa y espérame allí; yo iré a pie.

–¿Va contigo ella o se queda en el coche?

Arthur se inclinó hasta la altura de la ventanilla y le dijo a su amigo:

–Pregúntaselo tú directamente.

–No, prefiero no hacerlo.

–Te dejo solo. Creo que de momento es mejor así –intervino Lauren, dirigiéndose a Arthur.

–¡Vaya suerte! ¡Se queda contigo! –le dijo Arthur a Paul, sonriendo.

El coche se alejó, levantando a su paso una nube de polvo. Al quedarse solo, Arthur contempló el paisaje que lo rodeaba. Anchas franjas de tierra ocre, con algunos pinos piñoneros y albares, secuoyas, granados y algarrobos, parecían extenderse hasta el mar. El suelo estaba sembrado de agujas enrojecidas por el sol. Tomó la pequeña escalera de piedra que bordeaba el camino. Hacia la mitad del recorrido, vislumbró los restos de la rosaleda a su derecha. El jardín estaba abandonado; una multitud de perfumes entremezclados provocaban a cada paso una danza incontrolable de recuerdos olfativos.

A su paso, las cigarras callaron un instante antes de reanudar su canto con ímpetu renovado. Los altos árboles se inclinaban, mecidos por el ligero viento de la mañana. Algunas olas rompían contra las rocas. Frente a él, vio la casa dormida, tal como la había dejado en sus sueños. Le parecía más pequeña; la fachada había sufrido algunos desperfectos, pero el tejado se hallaba intacto. Los postigos estaban cerrados. Paul había aparcado ante el porche y lo esperaba fuera del vehículo.

–¡Has tardado mucho en llegar!

–¡Más de veinte años!

–¿Qué hacemos?

Instalarían el cuerpo de Lauren en el despacho, en la planta baja. Arthur introdujo la llave en la cerradura y, sin vacilar, la hizo girar al revés, exactamente como debía hacerlo para abrir. La memoria contiene fragmentos de recuerdos que puede sacar a flote en cualquier momento sin que sepamos por qué. Hasta el ruido del pestillo le pareció inmediato. Entró en el pasillo, abrió la puerta del despacho, a la izquierda de la entrada, cruzó la estancia y abrió los postigos. Deliberadamente, no prestó ninguna atención a lo que le rodeaba; el momento de redescubrir aquel lugar vendría más tarde, y había decidido vivir plenamente esos instantes. Con gran rapidez descargaron las cajas, instalaron el cuerpo en la cama-sofá y aplicaron de nuevo la perfusión. Arthur entornó los postigos y pasó la falleba. Después tomó un paquete marrón e invitó a Paul a que lo acompañara a la cocina.

–Voy a hacer café. Abre el paquete.

Del armario que quedaba encima del fregadero sacó un objeto metálico de forma singular, compuesto de dos piezas simétricas y opuestas. Comenzó a separarlas haciendo girar cada una de las mitades en sentido inverso.

–¿Qué es eso? –preguntó Paul.

–Es una cafetera italiana.

–¿Una cafetera italiana?

Arthur le explicó cómo funcionaba. Lo más interesante era que no requería filtro de papel, y así el aroma se conservaba mucho mejor. Se ponían dos o tres cucharadas colmadas de café en un pequeño depósito que se colocaba entre la parte de abajo, después de llenarla de agua, y la de arriba. Se enroscaban entre sí las dos piezas y se ponía el artilugio sobre el fuego. Al hervir, el agua subía, atravesaba el café almacenado en el pequeño depósito agujereado y llegaba a la parte superior, filtrada simplemente por una fina rejilla metálica. El único truco consistía en retirar a tiempo la cafetera del fuego para que el agua no hirviera en la parte de arriba, pues ya no era agua sino café, y el café hervido es una bazofia. Cuando hubo acabado la explicación, Paul comentó:

–Oye, ¿se tiene que ser ingeniero bilingüe para hacer café en esta casa?

–¡Lo que hace falta es talento, porque es todo un ceremonial!

Haciendo un mohín dubitativo en respuesta a la última réplica de su amigo, Paul le tendió el paquete de café. Arthur abrió la bombona de gas, que estaba debajo del fregadero.

Después hizo girar la llave situada a la izquierda de la cocina y, finalmente, el mando del quemador.

–¿Crees que todavía quedará gas?

–Antoine nunca habría dejado la casa con una bombona vacía en la cocina, y seguro que hay por lo menos otras dos llenas en el garaje.

Paul se acercó maquinalmente al interruptor, junto a la puerta, y lo pulsó. Una luz amarillenta invadió la estancia.

–¿Cómo te las has arreglado para que haya corriente en esta casa?

–Telefoneé anteayer a la compañía para que la restablecieran, y a la del agua también, no te preocupes. Pero apaga. Hay que quitarles el polvo a las bombillas para que no exploten cuando se calienten.

–¿Dónde has aprendido todo esto de hacer café italiano y desempolvar las bombillas para que no exploten?

–Pues aquí, hombre, en esta habitación, esas cosas y muchas más.

–¿Y ese café? ¿Viene o no viene?

Arthur puso dos tazas sobre la mesa de madera y sirvió la bebida ardiente.

–Espera un poco antes de beber –dijo.

–¿Por qué?

–Porque si no esperas te quemarás y, además, porque primero tienes que olerlo. Deja que el aroma penetre en tu nariz.

–¡Estás jorobándome con este rollo del café, y en mi nariz no penetra nada! Estoy soñando: «Deja que el aroma penetre en tu nariz». Pero ¿se puede saber de dónde sacas esas frases?

Paul se llevó la taza a los labios, dio un sorbo y escupió inmediatamente el poco líquido ardiente que había tomado. Lauren se colocó detrás de Arthur y lo abrazó. Apoyó la cabeza en su hombro y le susurró al oído.

–Me gusta este sitio, me siento bien aquí, es relajante.

–¿Dónde estabas?

–Recorriendo la casa mientras vosotros filosofabais sobre el café.

–¿Y qué?

–¿Estás hablando con ella? –intervino Paul en tono exasperado.

Sin prestar la más mínima atención a la pregunta de Paul, Arthur se dirigió a Lauren:

–¿Te gusta?

–Tendría que ser muy exigente para que no me gustara –contestó ella–. Pero tienes que contarme algunos secretos, este lugar está lleno de ellos; los percibo en las paredes y en los muebles.

–¡Si te molesto, no tienes más que hacer como si no estuviera! –insistió su socio.

Lauren no quería ser ingrata, pero le susurró a Arthur que le encantaría estar a solas con él. Estaba impaciente por que le mostrara toda la propiedad. Y añadió que ardía en deseos de que hablaran. Él preguntó sobre qué:

–Sobre esto, sobre el pasado –contestó ella.

Paul esperaba que Arthur se dignara dirigirse finalmente a él, pero éste parecía seguir conversando con su invisible compañera, así que se decidió a interrumpirlos.

–Bueno, ¿me necesitas todavía? Porque, si no, me vuelvo a San Francisco. Hay trabajo en el despacho, y además tus conversaciones con Fantomas me ponen nervioso.

–Podrías tener una mente menos cerrada, ¿no?

–¿Cómo dices? Creo que no he oído bien. ¿Acabas de decirle al tipo que te ha ayudado a mangar un cuerpo de un hospital un domingo por la noche, con una ambulancia robada, y que se toma un café italiano a cuatro horas de distancia de su casa sin haber dormido en toda la noche, que podría tener una mente menos cerrada? ¡Tú estás pirado!

–No quería decir eso.

Paul no sabía qué había querido decir, pero prefería irse antes de que tuvieran una enganchada.

–Porque podría ocurrir, ¿sabes?, y sería una lástima, teniendo en cuenta todos los esfuerzos hechos hasta ahora.

Arthur, preocupado, le preguntó a su amigo si no estaba demasiado cansado para emprender el camino de vuelta. Éste lo tranquilizó. Con el «café italiano» (insistió irónicamente en el término) que acababa de tomarse, disponía al menos de veinticuatro horas de autonomía antes de que el cansancio se atreviera a posarse sobre sus párpados. Arthur no hizo caso del sarcasmo. A Paul, por su parte, le preocupaba dejar a su amigo sin coche en aquella casa abandonada.

–Está el viejo Ford en el garaje.

–¿Cuándo circuló por última vez ese cacharro?

–¡Hace mucho!

–¿Y arrancará?

–Seguramente. Cargaré la batería y arrancará.

–¡Seguramente! Además, después de todo, si te quedas en la estacada aquí ya espabilarás. Yo ya he hecho bastante por esta noche.

Arthur acompañó a Paul hasta el coche.

–No te preocupes más por mí, ya has hecho mucho.

–Pues claro que me preocupo por ti. En circunstancias normales te dejaría solo en esta casa, angustiado con la idea de que podría haber fantasmas. ¡Pero es que tú te traes el tuyo!

–¡Lárgate!

Paul puso el motor en marcha. Antes de irse, bajó el cristal de la ventanilla.

–¿Estás seguro de que todo va a ir bien?

–Sin duda.

–Bueno, pues entonces me voy.

–Paul...

–¿Qué?

–Gracias por todo lo que has hecho.

–No ha sido nada.

–Sí, ha sido mucho. Te has arriesgado por mí sin entender nada, simplemente por lealtad y amistad. Eso es mucho, y yo lo sé.

–Ya sé que lo sabes. Bueno, me voy, si no, todavía soltaremos una lagrimita. Cuídate y llámame al despacho para contarme cómo va todo.

Arthur se lo prometió y el automóvil se perdió rápidamente detrás de la colina. Lauren apareció en la escalera de la entrada.

–Bien –dijo–, ¿me enseñas la propiedad?

–¿Por dónde empezamos, por dentro o por fuera?

–Antes de nada, ¿dónde estamos?

–Estás en la casa de Lili.

–¿Quién es Lili?

–Lili era mi madre. Aquí es donde yo pasé la mitad de mi infancia.

–¿Hace mucho que murió?

–Sí, mucho.

–¿Y no habías vuelto nunca aquí?

–Nunca.

–¿Por qué?

–Entra. Hablaremos de eso más tarde, después de la visita.

–¿Por qué? –insistió Lauren.

–Había olvidado que eres la reencarnación de una mula. ¿Por qué esto, por qué lo otro?...

–¿He sido yo quien te ha hecho venir?

–Tú no eres el único fantasma de mi vida –dijo Arthur en voz baja.

–Se te hace difícil estar aquí.

–Difícil no es la palabra. Digamos más bien que es importante para mí.

–¿Y lo has hecho por mí?

–Lo he hecho porque había llegado el momento de intentarlo.

–¿De intentar qué?

–Abrir la maleta negra.

–¿Te importa decirme qué hay en esa maleta negra?

–Recuerdos.

–¿Tienes muchos aquí?

–Casi todos. Era mi casa.

–¿Y después de aquí?

–Después me las arreglé para que el tiempo pasara muy deprisa. Crecí completamente solo.

–¿Tu madre murió de repente?

–No, murió de cáncer. Ella lo sabía, pero para mí sí que fue muy repentino. Acompáñame, voy a enseñarte el jardín.

Salieron los dos y Arthur llevó a Lauren hasta el mar, que bordeaba el jardín. Se sentaron al borde de las rocas.

–Si supieras cuántas horas he pasado sentado aquí con ella... Contaba las crestas de las olas, haciendo apuestas. Veníamos con frecuencia a ver la puesta de sol. Mucha gente de por aquí se pasa una media hora en la playa para presenciar el espectáculo. Cada día es distinto. Debido a la temperatura del mar, al aire, a montones de cosas, los colores del cielo nunca son iguales. De la misma forma que en las ciudades la gente vuelve a casa a una hora determinada para ver el telenoticias, aquí la gente sale para ver la puesta de sol. Es un ritual.

–¿Viviste mucho tiempo aquí?

–Cuando ella murió era un niño, sólo tenía diez años.

–¡Esta tarde me traerás a ver la puesta de sol!

–Aquí es obligatorio –dijo él sonriendo.

Detrás de ellos, la casa comenzaba a brillar, iluminada por la claridad de la mañana. La fachada que daba al mar estaba deteriorada, pero la construcción en su conjunto había resistido bien el paso de los años. Desde el exterior, nadie hubiera creído que llevaba tanto tiempo durmiendo.

–Ha aguantado bien –comentó Lauren.

–Antoine era un maniático del mantenimiento. Jardinero, maestro del bricolaje, pescador, niñera, guarda de la casa... Era un escritor que había venido a parar aquí y al que mamá había dado albergue. Vivía en el pequeño anexo. Antes de que papá sufriera el accidente de avión, era amigo de mis padres. Yo creo que siempre estuvo enamorado de mamá, incluso cuando papá aún estaba aquí. Y sospecho que acabaron por ser amantes, pero mucho más tarde. Los dos hablaban poco, al menos mientras yo estaba despierto, pero entre ellos había una gran complicidad. Se comprendían con la mirada. Curaron en sus silencios comunes toda la violencia de sus respectivas vidas. Reinaba entre ellos un sosiego que resultaba desconcertante, como si se hubieran impuesto el deber de no experimentar nunca más rabia o rebeldía.

–¿Qué ha sido de él?

Refugiado en el despacho, la estancia donde habían instalado el cuerpo de Lauren, había sobrevivido diez años a Lili. Antoine se había pasado el final de su vida manteniendo la casa. Lili le había dejado dinero; su estilo era preverlo todo, incluso lo imprevisible. Antoine se le parecía en eso. Murió en el hospital a principios de un invierno. Una mañana soleada y fresca, se había despertado cansado. Mientras engrasaba los goznes de la puerta de entrada, había sentido un dolor sordo en el pecho. Había avanzado entre los árboles buscando el aire que le faltaba. El viejo pino bajo en el que dormía la siesta en primavera y verano lo había acogido bajo sus ramas cuando, incapaz de sostenerse, acabó por caer. Atenazado por el dolor, se había arrastrado hasta la casa y había pedido auxilio a unos vecinos. Había sido trasladado al hospital de Monterrey, donde falleció el lunes siguiente. Se hubiera dicho que había preparado su partida. Tras su muerte, el notario se había puesto en contacto con Arthur para preguntarle qué había que hacer con la casa.

–Me dijo que se había quedado de piedra cuando vino aquí. Antoine lo había dejado todo en orden, como si fuera a irse de viaje el día que se encontró mal.

–Tal vez pensaba hacerlo.

–¿Antoine, irse de viaje? No, qué va... Si para conseguir que fuera a Carmel de compras había que empezar a negociar con él varios días antes... No, yo creo que tuvo el instinto de los elefantes viejos, que presintió que le llegaba la hora; o quizá ya había tenido bastante y se abandonó.

Para explicar su punto de vista, se remitió a la respuesta de su madre a una pregunta que un día él le había hecho sobre la muerte. Arthur quería saber si las personas mayores tenían miedo de morir, y ella le había dado la siguiente respuesta, que tenía muy fresca en la memoria: «Cuando has pasado un buen día, te has levantado temprano para acompañarme a pescar, has corrido y has trabajado en los rosales con Antoine, al llegar la noche estás cansado y, aunque habitualmente no te gusta nada irte a la cama, te sientes feliz de meterte entre las sábanas para conciliar el sueño. Esas noches no tienes miedo de dormirte.

»Pues bien, la vida es en cierto modo como uno de esos días. Al principio experimentamos cierta tranquilidad diciéndonos que un día descansaremos. Quizá porque, con el tiempo, el cuerpo nos impone las cosas con menos facilidad. Todo se vuelve más difícil y fatigoso, así que la idea de dormirse para siempre ya no da miedo como antes.»

–Mamá ya estaba enferma y creo que sabía de lo que hablaba.

–¿Qué le dijiste tú?

–Me agarré a su brazo y le pregunté si estaba «cansada». Ella sonrió. En fin, lo que quería decir con todo esto es que no creo que Antoine estuviera cansado de vivir, en el sentido depresivo; yo creo que había adquirido una forma de sabiduría.

–Como los elefantes –dijo Lauren en voz baja.

Se encaminaron hacia la casa, pero Arthur, sintiéndose preparado para entrar en la rosaleda, se desvió.

–Por aquí vamos al corazón del reino, la rosaleda…

–¿Por qué es el corazón del reino?

¡Era el Lugar! A Lili le entusiasmaban las rosas. Era el único tema sobre el que había discutido con Antoine.

–Mamá conocía absolutamente todas las flores. No podías cortar ni una sola sin que ella se diera cuenta.

Había una cantidad inimaginable de variedades. Ella pedía esquejes por catálogo y disfrutaba cultivando especies del mundo entero, sobre todo si en la descripción se especificaba que el desarrollo de la planta requería unas condiciones climáticas muy distintas de las de allí. Era un reto desmentir a los floricultores y lograr que esos esquejes prosperaran.

–¿Tantas había?

Él había contado hasta ciento treinta y cinco. Durante una lluvia torrencial, su madre y Antoine se habían levantado a media noche, habían ido corriendo al garaje y agarrado una lona que debía de medir diez metros de ancho por treinta de largo. Antoine había enganchado tres de las puntas de la lona en lo alto de unos palos, y la última la habían sostenido los dos con las manos, subidos uno en un taburete y el otro en una silla de árbitro de tenis. Habían pasado así parte de la noche, sacudiendo aquel paraguas gigante cuando resultaba demasiado pesado por la cantidad de agua acumulada. La tormenta había durado más de tres horas.

–Si hubiera habido un incendio dentro de la casa, estoy seguro de que no habrían estado tan excitados. Si los hubieses visto al día siguiente... Estaban destrozados.

Pero, eso sí, la rosaleda se había salvado.

–¡Mira! –dijo Lauren al entrar en el jardín–. ¡Todavía hay muchísimas!

–Sí, son rosas silvestres. Ésas no le temen ni al sol ni a la lluvia, y conviene ponerse guantes para cortarlas porque están repletas de espinas.

Pasaron buena parte del día descubriendo y redescubriendo el inmenso jardín que rodeaba la casa. Arthur le enseñó a Lauren los árboles, las inscripciones que había hecho en la corteza de algunos. Pasado un pino piñonero, le señaló el lugar donde se había roto la clavícula.

–¿Cómo fue?

–Estaba maduro y caí del árbol.

Y el día transcurrió sin que se dieran cuenta. A la hora prevista, fueron de nuevo a la orilla del mar, se sentaron en las rocas y contemplaron ese espectáculo que gente de todo el mundo va a ver. Lauren abrió los brazos y exclamó:

–¡Miguel Ángel está en forma esta tarde!

Arthur la miró sonriendo. La noche cayó muy deprisa. Se refugiaron en la casa. Arthur se ocupó de «los cuidados del cuerpo» de Lauren. Luego encendió la chimenea del saloncito, donde se instalaron ambos después de que él hubiera tomado una cena ligera.

–Y esa maleta negra que has mencionado antes, ¿qué es?

–¡No se te escapa nada!

–Presto atención, simplemente.

–Es una maleta que pertenecía a mamá. Ahí guardaba todas sus cartas y todos sus recuerdos. Creo que esa maleta contiene lo esencial de su vida.

–¿Por qué lo crees?

Esa maleta era un gran misterio. Él podía disponer de toda la casa, salvo del armario donde estaba guardada. Prohibición expresa de acercarse.

–¡Y te aseguro que no me hubiera arriesgado a hacerlo!

–¿Dónde está?

–Ahí al lado, en el despacho.

–¿Y no has venido nunca para abrirla? ¡No puedo creerlo!

Debía de contener toda la vida de su madre, y no había querido precipitar ese momento; se había dicho que tenía que ser adulto y estar dispuesto de verdad a exponerse a abrirla para comprender.

–Bueno, la verdad es que siempre me ha dado mucho miedo –confesó finalmente al observar la expresión escéptica de Lauren.

–¿Por qué?

–No sé..., miedo de que cambie la imagen que he conservado de ella, miedo de que me invada la tristeza.

–¡Ve a buscarla!

Arthur no se movió. Ella insistió en que fuera a buscarla, diciéndole que no tenía por qué tener miedo. Si Lili había metido toda su vida en una maleta, sin duda era para que un día su hijo supiese quién había sido. Ella no lo había querido para que viviera con el recuerdo de una imagen.

–El riesgo de amar es amar tanto los defectos como las

cualidades, porque son indisociables. ¿De qué tienes miedo? ¿De juzgar a tu madre? No tienes alma de juez. No puedes fingir que el contenido de la maleta no existe, estás infringiendo su ley... ¡Te lo dejó para que lo sepas todo sobre ella, para prolongar lo que el tiempo no le dejó hacer, para que la conozcas de verdad, no sólo como niño, sino con tus ojos y tu corazón de hombre!

Arthur reflexionó unos instantes en lo que Lauren acababa de decirle. Se levantó sin dejar de mirarla, fue al despacho y abrió el famoso armario. Contempló la pequeña maleta negra que había ante él, sobre un estante, la agarró de la gastada asa y arrastró todo aquel pasado hacia el presente. De vuelta en el saloncito, se sentó en el suelo junto a Lauren y los dos se miraron como dos niños que acabaran de encontrar el tesoro de Barbarroja. Tras haber recobrado el aliento, empujó los dos pestillos y la tapa se abrió. La maleta rebosaba de sobres de todos los tamaños llenos de cartas y fotos; también había pequeños objetos: un avioncito de pasta de sal que Arthur había hecho un año para el Día de la Madre, un cenicero de arcilla con motivo de una Navidad, un collar de conchas de origen desconocido, su cuchara de plata y sus zapatitos de bebé. Una auténtica cueva de Alí Babá. En el interior de la tapa había una carta doblada y cerrada con una grapa. Lili había escrito el nombre de Arthur en grandes letras. Él la abrió.

Querido Arthur:

Por fin estás en tu casa. El tiempo cura todas las heridas, aunque nos deje algunas cicatrices. En esta maleta encontrarás todos mis recuerdos, los que tengo de ti y los de antes de que nacieras, todos los que no pude contarte porque todavía eras pequeño. Descubrirás a tu madre con otra mirada, te enterarás de muchas cosas; porque, además de ser tu madre, he sido una mujer, con mis miedos, mis dudas, mis fracasos, mis pesares y mis victorias. Para darte todos los consejos que te prodigaba, fue preciso también que me equivocara, cosa que me sucedió con frecuencia. Los padres son montañas que uno se pasa la vida escalando, sin saber que un día nosotros representaremos su papel.

No hay nada más complejo que educar a un hijo. Te pasas la vida entera dando todo lo que crees que es justo y sabiendo al mismo tiempo que estás constantemente equivocándote. Pero, para la mayoría de los padres, todo es amor, aun cuando a veces no se puede evitar cierto egoísmo. La vida no es un sacerdocio. El día que cerré esta pequeña maleta, temí decepcionarte. No te dejé tiempo de emitir juicios de adolescente. No sé qué edad tendrás cuando leas esta carta. Te imagino un apuesto joven de treinta años, tal vez un poco mayor. ¡Cómo me hubiera gustado vivir todos esos años a tu lado! Si supieras lo vacía que me deja la idea de no volver a verte por la mañana cuando abras los ojos, de no volver a oír el sonido de tu voz cuando me llames... Pensarlo me hace más daño que la enfermedad que me lleva tan lejos de ti.

Siempre he estado enamorada de Antoine, pero no he vivido ese amor por miedo. Miedo de tu padre, miedo de hacerle daño, miedo de destruir lo que había construido, miedo de confesarme que me había equivocado. Tuve miedo del orden establecido, miedo de volver a empezar, miedo de que no funcionara, miedo de que todo fuese un sueño.

No vivirlo fue una pesadilla. Pensaba en él día y noche, y me lo prohibía. Tras la muerte de tu padre, el miedo continuó: miedo de traicionar, miedo por ti. Todo aquello fue una inmensa mentira. Antoine me ha amado como toda mujer desearía ser amada al menos una vez en la vida. Y yo no he sabido corresponderle por culpa de una increíble cobardía. Yo disculpaba mis debilidades, me complacía en ese melodrama barato, y me negaba a ver que mi vida pasaba a toda velocidad y que yo pasaba por su lado. Tu padre era un hombre admirable, pero Antoine era para mí un hombre único; nadie me miraba como él, nadie me hablaba como él. A su lado, nada podía pasarme, me sentía protegida de todo. Él comprendía todos mis deseos y no cejaba hasta satisfacerlos. Toda su vida estaba basada en la armonía, la delicadeza, el saber dar, mientras que yo buscaba batallas como razón de existir y lo ignoraba todo del saber recibir. Estaba aterrorizada, me obligaba a creer que esa felicidad era imposible, que la vida no podía ser tan agradable. Una noche, cuando tú tenías cinco años, hicimos el amor. Concebí un hijo y no lo conservé. Nunca se lo dije, pero estoy segura de que lo supo. Lo adivinaba todo de mí.

Quizás haya sido mejor así debido a lo que ahora me pasa, pero también creo que tal vez esta enfermedad no se habría desarrollado si hubiese estado en paz conmigo misma. Hemos vivido todos estos años a la sombra de mis mentiras, he sido hipócrita con la vida y ella no me lo ha perdonado. Ya sabes más cosas de tu madre. He dudado en contarte todo esto, he tenido miedo una vez más de que me juzgaras, pero ¿no te he enseñado que la peor mentira es mentirse a uno mismo? Hay muchas cosas que hubiera querido compartir contigo, pero no hemos tenido tiempo.

Antoine no te ha criado por mi culpa, por culpa de mi ignorancia. Cuando supe que estaba enferma, ya era demasiado tarde para dar marcha atrás. Encontrarás muchas cosas en este batiburrillo que te dejo: fotos tuyas, mías, de Antoine, sus cartas... No las leas, me pertenecen; están aquí porque nunca he sido capaz de deshacerme de ellas. Te preguntarás por qué no hay fotos de tu padre. Las rompí todas una noche que me dejé llevar por la cólera y la frustración. Estaba furiosa conmigo misma.

He hecho las cosas lo mejor que he podido, cariño, lo mejor que ha podido esta mujer, con sus cualidades y sus defectos, pero debes saber que tú has sido toda mi vida, toda mi razón de vivir, lo más hermoso y lo más extraordinario que me ha sucedido. Rezo para que experimentes un día la sensación única de tener un hijo, porque entonces comprenderás muchas cosas.

Mi mayor orgullo es ser tu madre y seguir siéndolo siempre.

Te quiero.

Lili

Arthur dobló la carta y volvió a dejarla en la maleta. Lauren lo vio llorar, se acercó a él y enjugó sus lágrimas con el reverso del índice. Él alzó los ojos, sorprendido, y toda su pena quedó borrada por la ternura de la mirada de ella, cuyo dedo comenzó a deslizarse hacia la barbilla con un movimiento oscilante. Arthur posó una mano en su mejilla, después alrededor de su nuca, y acercó la cara a la suya. Cuando sus labios se rozaron, ella retrocedió.

–¿Por qué haces esto por mí, Arthur?

–Porque te quiero, y eso es cosa mía.

La tomó de la mano y la condujo al exterior de la casa.

–¿Adónde vamos? –preguntó Lauren.

–Al mar.

–No, aquí, ahora –dijo ella, situándose frente a él y desabrochándole la camisa.

–Pero ¿cómo lo haces? Si no podías...

–No hagas preguntas. No lo sé.

Le quitó la camisa y le pasó las manos por la espalda. Arthur se sintió desconcertado. ¿Cómo se desnudaba a un fantasma? Ella sonrió, cerró los ojos y se quedó instantáneamente desnuda.

–Basta que piense en una prenda de vestir para que aparezca sobre mi cuerpo inmediatamente. Si supieras cómo he aprovechado esa capacidad...

Allí mismo, en el porche de la casa, enlazó a Arthur y lo besó.

El alma de Lauren fue penetrada por su cuerpo de hombre y entró a su vez en el cuerpo de Arthur, invadiéndolo mientras duró el abrazo, como en la magia de un eclipse... La maleta estaba abierta.

CAPÍTULO
12

El inspector Pilguez se presentó en el hospital a las once. La enfermera jefe de guardia había llamado a la comisaría nada más empezar su turno, a las seis de la mañana. Una paciente en coma había desaparecido del hospital; se trataba de un secuestro.

Pilguez había encontrado la nota sobre su mesa al llegar y se había encogido de hombros, preguntándose por qué siempre le tocaban a él esa clase de asuntos. Había despotricado ante Nathalia, la encargada de repartir los casos en la Central.

–Oye, guapa, ¿te he hecho yo algo para que me asignes semejantes casos un lunes por la mañana?

–Habrías podido afeitarte mejor para empezar la semana –había contestado ella con una amplia sonrisa culpable.

–Una respuesta interesante. ¡Espero que le tengas cariño a tu silla giratoria, porque presiento que va a pasar mucho tiempo antes de que la dejes!

–¡Eres un monumento a la amabilidad, George!

–¡Sí, exacto, y eso me da derecho a elegir los palomos que se me van a cagar encima!

Y había dado media vuelta. Empezaba una mala semana; aunque, para ser exactos, empalmaba con otra mala semana que había acabado dos días antes.

Para Pilguez, una buena semana estaría compuesta de días en los que sólo llamaran a los polis para resolver problemas de vecindad o de respeto al Código Civil. La existencia de la Brigada Criminal era un despropósito, pues significaba que en aquella ciudad había bastantes perturbados para matar, violar, robar y, ahora, secuestrar a personas en coma que estaban en el hospital. A veces pensaba que después de treinta años de profesión debería haberlo visto todo, pero cada semana ampliaba los límites de la demencia humana.

–¡Nathalia! –gritó desde su despacho.

–¿Sí, George? –dijo la encargada del reparto–. ¿No ha ido bien el fin de semana?

–¿Podrías bajar a buscarme unos donuts?

Ella, con los ojos clavados en la barandilla de la comisaría mientras mordisqueaba el bolígrafo, hizo un gesto negativo con la cabeza.

–¡Nathalia! –volvió a gritar el inspector.

Ella estaba copiando las referencias de los informes de la noche en el espacio reservado a tal efecto. En parte porque las casillas eran demasiado pequeñas y en parte porque el jefe del distrito séptimo, su superior, como ella lo llamaba irónicamente, era un maniático, se esforzaba en hacer una letra minúscula para no salirse de los recuadros.

–Sí, George, dime que te jubilas esta noche –contestó sin levantar siquiera la cabeza.

Pilguez se levantó de un salto y se plantó delante de ella.

–¡Eso es una crueldad!

–¿Por qué no te compras algo con lo que desahogarte?

–Porque para desahogarme te tengo a ti. Eso justifica el cincuenta por ciento de tu sueldo.

–Oye, los donuts esos te los voy a poner de sombrero. Venga, no seas ganso.

–¿Ganso yo?

–Sí, tú. Eres un ganso horrible que ni siquiera sabe volar, andas como un ganso. Venga, vete a currar y déjame en paz.

–Eres preciosa, Nathalia.

–Claro, claro..., y tu belleza es comparable a tu simpatía.

–Venga, ponte la rebeca de tu abuela que voy a llevarte a tomar un café.

–¿Y quién hace el reparto?

–Espera, no te muevas, voy a enseñártelo.

Se volvió y se acercó a paso rápido al joven en prácticas que clasificaba expedientes en el otro extremo de la habitación. Lo agarró del brazo y le hizo cruzar la gran sala hasta la mesa de la entrada.

–Bueno, amigo, ahora te sientas en esa silla de ruedas con brazos porque a la señora le ha correspondido un ascenso: un par de brazos mullidos. Tienes permiso para girar, pero sin dar más de dos vueltas completas en el mismo sentido. Descuelgas el teléfono cuando suene, dices: «Buenos días. Comisaría Central, Brigada Criminal, dígame...», escuchas lo que te digan, lo anotas todo en estos papeles y no vas a mear hasta que volvamos. Y si alguien te pregunta dónde está Nathalia, le dices que ha tenido de repente una indisposición propia de su sexo y que se ha ido corriendo a la farmacia. ¿Crees que serás capaz de hacerlo?

–¡Con tal de no tomar café con usted, sería capaz hasta de limpiar los lavabos, inspector!

George hizo oídos sordos, agarró a Nathalia del brazo y la arrastró por la escalera.

–¡Esa rebeca debía de sentarle bien a tu abuela! –le dijo sonriendo.

–¡Cómo voy a aburrirme en este curro cuando te jubilen, George!

En la esquina de la calle parpadeaba un rótulo de neón rojo de los años cincuenta. Las letras luminosas que formaban el nombre, The Finzy Bar, enviaban un pálido resplandor al ventanal del viejo establecimiento. Finzy había tenido sus momentos gloriosos. Ahora sólo quedaba de aquel lugar anticuado una decoración de paredes y techos amarillentos, alféizares de madera envejecidos por el tiempo, parqué gastado por los miles de pasos ebrios y las pisadas de encuentros de una noche. Desde la acera de enfrente, parecía un cuadro de Hooper. Cruzaron la calle, se sentaron ante la vieja barra de madera y pidieron dos cafés largos.

–¿Tan malo ha sido el domingo, grandullón?

–No puedes ni imaginarte lo que me aburro los fines de semana, preciosa.

–¿Lo dices porque no pude almorzar contigo el domingo? –Él asintió con la cabeza–. Pero ve a algún museo, sal un poco...

–Si voy a un museo, al cabo de dos segundos veo a un carterista y tengo que acabar en el despacho.

–Pues vete al cine.

–Me duermo en la oscuridad.

–¡Pues entonces vete a pasear!

–Ésa es una buena idea. Iré a pasear, así no tendré pinta de gilipollas deambulando por las calles. ¿Qué haces? ¡Nada, estoy paseando! Estamos hablando de todo un fin de semana. ¿Qué tal con tu nuevo novio?

–Nada del otro mundo, pero estoy entretenida.

–¿Sabes cuál es «el» defecto de los hombres? –preguntó George.

–No. ¿«Cuáles»?

–Los hombres no deberían aburrirse con una chica como tú. Si yo tuviera quince años menos, me apuntaría en tu carnet de baile.

–Pero si tienes quince años menos de los que crees, George.

–¿Lo interpreto como un adelanto?

–Como un cumplido, y no está nada mal. Venga, yo me voy a trabajar y tú te vas al hospital. Parecían espantados.

George se encontró con la enfermera jefe Jarkowizski. Ésta miró al hombre mal afeitado, de formas redondas, pero elegante.

–Es terrible –dijo–. Nunca había pasado una cosa así.

Y en el mismo tono añadió que el presidente del consejo estaba furioso y quería verlo por la tarde. Tendría que exponer el asunto ante los administradores a primera hora de la noche.

–¿La encontrará, inspector?

–Si empezara por contármelo todo desde el principio, podría ser.

Jarkowizski le explicó que el secuestro se había producido con toda seguridad en el cambio de servicio. No habían podido localizar todavía a la enfermera del turno de tarde, pero la del turno de noche había confirmado que la cama estaba vacía cuando hizo la ronda hacia las dos. Creyó que la paciente había muerto y que la cama aún no se había asignado a otro enfermo, según el ritual consistente en dejar libre durante veinticuatro horas una cama en la que ha fallecido alguien. Pero al hacer su primera ronda, Jarkowizski se había percatado del drama y había dado la voz de alarma.

–Quizá despertó del coma y, harta de estar en este hotel, se fue a pasear. Es legítimo, si llevaba tanto tiempo acostada.

–Me encanta su sentido del humor, debería hacer partícipe de él a la madre de la chica. Está en el despacho de uno de nuestros encargados de servicio y llegará de un momento a otro.

–Sí, claro –dijo Pilguez, mirándose los zapatos–. Y si se tratara de un secuestro, ¿cuál sería su finalidad?

–¡Eso qué más da! –respondió la enfermera en un tono irritado, como si estuvieran perdiendo el tiempo.

–Pues, verá –dijo él sosteniendo su mirada–, por raro que parezca, el noventa y nueve por ciento de los crímenes tienen un móvil. Y resulta que, en principio, a nadie se le ocurre birlar un enfermo en coma un domingo por la noche simplemente para divertirse. Por cierto, ¿está segura de que no la han trasladado a otra planta?

–Sí, lo estoy. En recepción hay unos volantes de traslado a otro hospital. Se la llevaron en ambulancia.

–¿De qué compañía? –preguntó el inspector, sacando un bolígrafo.

–De ninguna.

Al llegar por la mañana, ni se le había pasado por la cabeza la idea de un secuestro. Cuando le informaron que en la 505 había quedado una cama libre, enseguida había ido a recepción.

–Me parecía inadmisible que se hubiera hecho un traslado sin que me lo hubiesen comunicado, pero ya sabe lo que pasa hoy en día..., la falta de respeto a los superiores..., en fin, ésa no es la cuestión.

La recepcionista le había entregado los documentos y ella «había visto enseguida» que había algo sospechoso. Faltaba un impreso, y el azul no estaba bien cumplimentado.

–Me pregunto cómo es posible que esa cretina se dejara engañar.

Pilguez quiso conocer la identidad de la «cretina».

Se llamaba Emmanuelle y estaba de guardia el día anterior en admisión.

–Fue ella quien lo permitió.

George ya se había hartado de oír a la enfermera jefe, y como ella no se hallaba presente en el momento de producirse los hechos, tomó nota de los datos de todo el personal que estaba de guardia el día anterior y se despidió.

Desde el coche telefoneó a Nathalia y le pidió que invitara a todas aquellas personas a pasar por la comisaría antes de ir al trabajo.

Al final del día había escuchado a todo el mundo y sabía que, en la noche del domingo al lunes, un falso doctor con una bata robada a un médico auténtico, y muy desagradable por cierto, se había presentado en el hospital en compañía de un conductor de ambulancia y provisto de unos volantes de traslado falsificados. Los dos compinches se habían llevado sin ninguna dificultad el cuerpo de la señorita Lauren Kline, paciente en coma profundo. La declaración tardía de un externo le hizo corregir su informe: el falso doctor podía ser un verdadero médico, pues había sacado de un buen apuro al externo en cuestión al pedirle éste ayuda. Según la enfermera presente en aquel incidente imprevisto, la precisión con la que había aplicado una vía central hacía pensar en un cirujano o, al menos, en alguien que trabajaba en un servicio de urgencias. Pilguez había preguntado si un simple enfermero hubiera podido aplicar esa vía central, a lo que se le había respondido que enfermeros y enfermeras recibían ese tipo de formación, pero que, de todas formas, las decisiones tomadas, las indicaciones dadas al estudiante y la habilidad en la realización hacían pensar más bien que pertenecía al cuerpo médico.

–Bueno, ¿qué tienes de ese caso? –preguntó Nathalia, preparada para irse.

–Una historia que no acaba de convencerme. Un médico que al parecer fue al hospital a secuestrar a una mujer en coma. Un trabajo de profesional, una ambulancia fantasma, papeles administrativos falsificados...

–¿De qué crees que se trata?

–Tal vez de tráfico de órganos. Roban el cuerpo, lo llevan a un laboratorio secreto, operan, extraen las partes que les interesan..., hígado, riñones, corazón, pulmones y demás, y lo venden por una fortuna a clínicas poco escrupulosas y necesitadas de dinero.

Le pidió que intentara obtener la lista de todos los establecimientos privados que disponían de un quirófano digno de tal nombre y que tenían dificultades económicas.

–Son las nueve, encanto, y me gustaría irme a casa. Eso puede esperar hasta mañana. No creo que las clínicas que te interesan vayan a declararse en quiebra durante la noche.

–¿Ves como eres voluble? Esta mañana me anotabas en tu carnet de baile y esta noche ya te niegas a pasar una velada genial conmigo. Te necesito, Nathalia, échame una mano, preciosa.

–Eres un manipulador, querido George, porque por las mañanas no utilizas el mismo tono de voz.

–Sí, vale, pero ahora es de noche. ¿Qué? ¿Me ayudas? Vamos, quítate la rebeca de tu abuela y ayúdame.

–¿Te das cuenta? Una petición hecha con tanta delicadeza es irresistible. Que pases una buena noche.

–¿Nathalia?

–Sí, George...

–¡Eres maravillosa!

–George, mi corazón no está disponible.

–¡Yo no apuntaba tan alto, cielo!

–¿Es tuyo eso?

–No.

–Ya me extrañaba.

–Bueno, vete a casa, ya me las arreglaré.

Nathalia se dirigió a la puerta, y al llegar se volvió.

–¿Estás seguro de que podrás?

–Pues claro. ¡Vete a cuidar el gato!

–Soy alérgica a los gatos.

–Entonces, quédate a ayudarme.

–Buenas noches, George.

Nathalia bajó la escalera deslizando la mano por la barandilla.

Una vez solo en aquel piso, pues el equipo que se quedaba de guardia por la noche se instalaba en la planta baja de la comisaría, Pilguez encendió la pantalla del ordenador y se conectó con el fichero central. Después tecleó la palabra «clínica» y encendió un cigarrillo mientras esperaba que el servidor efectuara la búsqueda. Unos minutos más tarde, la impresora empezó a vomitar unas sesenta hojas de papel impreso. El inspector, ceñudo, se llevó el montón a su despacho.

–¡Bueno, no es para tanto! Total, para averiguar cuáles podrían estar en la ruina, no hay más que ponerse en contacto con un centenar de bancos regionales y pedirles la lista de los establecimientos privados que han solicitado préstamos bancarios durante los diez últimos meses.

Había hablado en voz alta, y en la penumbra de la entrada oyó la voz de Nathalia:

–¿Por qué los diez últimos meses?

–Porque es lo que dice el instinto policial. ¿Por qué has vuelto?

–Porque es lo que dice el instinto femenino.

–Muy amable por tu parte.

–Todo dependerá del sitio a donde me lleves a cenar después. ¿Crees que tienes una pista?

La pista en cuestión le parecía demasiado fácil. Le pidió a Nathalia que llamara a la sala de coordinación de las patrullas municipales y preguntara si por casualidad había algún rastro de un informe sobre una ambulancia que hiciera referencia a la noche del domingo.

–¡Un golpe de suerte puede tenerlo cualquiera! –dijo.

Nathalia descolgó el teléfono. En el otro extremo de la línea, el policía de guardia efectuó una búsqueda en su terminal, pero no se había presentado ningún informe de esas características. Nathalia le pidió que ampliara la búsqueda a la región, pero también en este caso las pantallas permanecieron en blanco. El policía lo sentía mucho, pero ninguna ambulancia había cometido una infracción o había sido objeto de un control en la noche del domingo al lunes. Nathalia colgó tras pedirle que se le informara de cualquier novedad al respecto.

–Lo siento, no tienen nada.

–Bueno, entonces te llevo a cenar, porque los bancos no nos dirán nada esta noche.

Fueron al Perry's y tomaron asiento en la sala que daba a la calle.

George escuchaba a Nathalia distraído, dejando flotar la mirada a través de la cristalera.

–¿Cuánto tiempo hace que nos conocemos, George?

–Es una de esas preguntas que no hay que hacerse nunca, preciosa.

–¿Por qué?

–¡Cuando se ama no se cuenta!

–¿Cuánto?

–Lo suficiente para que me aguantes y no lo bastante para que ya no me soportes.

–¡No, hace mucho más tiempo!

–Lo de las clínicas no encaja. No veo claro el móvil. ¿Para qué?

–¿Has hablado con la madre?

–No. Lo haré mañana por la mañana.

–Quizás haya sido ella porque está harta de ir al hospital.

–No digas tonterías. Una madre no lo haría, es demasiado arriesgado.

–Quiero decir que tal vez quería acabar con el asunto. Ir a ver a su hija todos los días en ese estado... A veces se debe de acabar aceptando la idea de la muerte.

–¿Y te imaginas a una madre organizando una cosa así para matar a su propia hija?

–No, tienes razón, es demasiado retorcido.

–Sin el móvil, no lo encontraremos.

–Sigue estando tu pista de las clínicas.

–Creo que es un callejón sin salida, no la veo clara.

–¿Por qué dices eso ahora? Querías que me quedara a trabajar contigo esta noche.

–¡Lo que yo quería era que cenases conmigo! Porque es demasiado evidente. No podrán volver a hacerlo. Todos los hospitales del condado van a estar muy atentos, y no creo que valga la pena arriesgarse por el dinero que pueda obtenerse de un solo cuerpo. ¿Cuánto vale un riñón?

–Dos riñones, un hígado, un bazo y un corazón pueden valer fácilmente ciento cincuenta mil dólares.

–¡Caramba, es más caro que en la carnicería!

–Eres repugnante.

–¿Lo ves? No se sostiene. Para una clínica que estuviera en la ruina, ciento cincuenta mil dólares no cambiarían nada. No es una cuestión de dinero.

–Quizá sea una cuestión de disponibilidad.

Nathalia expuso su teoría: alguien podía vivir o morir en función de la disponibilidad y la compatibilidad de un órgano. Algunas personas morían por no haber podido conseguir a tiempo el riñón o el hígado que necesitaban. Alguien que dispusiera de medios económicos suficientes podría haber encargado secuestrar a una persona en coma irreversible para salvar a un hijo suyo o salvarse a sí mismo. A Pilguez, esa pista le parecía compleja pero creíble. Nathalia no veía en absoluto que su teoría fuera complicada. Para Pilguez sí lo era. Una pista como ésa ampliaba considerablemente el abanico de sospechosos; no habría que buscar forzosamente a un criminal. Para sobrevivir o para salvar a un hijo, muchos individuos podían sentirse tentados de suprimir a alguien que ya hubiera sido declarado clínicamente muerto. El autor, teniendo en cuenta la finalidad de su acto, podía considerarse ajeno a la noción de crimen.

–¿Crees que hay que visitar todas las clínicas para identificar a un paciente económicamente acomodado en espera de una donación de órganos? –preguntó Nathalia.

–Espero que no, porque es un trabajo de chinos y en un terreno resbaladizo.

Cuando sonó el teléfono móvil, Nathalia contestó la llamada, escuchó atentamente, tomando notas en el mantel, y le dio varias veces las gracias a su interlocutor.

–¿Quién era?

–El tipo que está de guardia en coordinación, con el que he hablado antes.

–¿Y?

Al coordinador se le había ocurrido transmitir un mensaje a las patrullas de noche, simplemente para comprobar si algún equipo había visto algo sospechoso de una ambulancia pero no había informado del incidente.

–¿Y qué?

–Pues que ha sido una idea estupenda, porque una patrulla interceptó y siguió anoche a una ambulancia de la posguerra que daba vueltas alrededor de la manzana de Green Street, Filbert y Union Street.

–Esto huele bien. ¿Y qué han dicho?

–Que hicieron parar al tipo que iba al volante de la ambulancia y les contó que jubilaban al vehículo después de diez años de buenos y leales servicios. Pensaron que el conductor estaba encariñado con ella y no acababa de decidirse a llevarla por última vez al garaje.

–¿Qué modelo era?

–Un Ford del setenta y uno.

Pilguez hizo un rápido cálculo mental. Si la ambulancia Ford retirada la noche anterior tras diez años de funcionamiento era del setenta y uno, eso significaba que había estado envuelta en papel de celofán dieciséis años antes de ser puesta en servicio. El conductor se la había pegado a los policías. Tenía una pista.

–Y hay algo todavía mejor –añadió su compañera.

–¿Qué?

–Lo siguieron hasta el garaje adonde la llevó. Y tienen la dirección.

–¿Sabes una cosa, Nathalia? Es mejor que tú y yo no estemos juntos.

–¿Por qué dices eso ahora?

–Porque justo ahora hubiera tenido la prueba de que era un cornudo.

–¿Sabes qué, George? Eres un auténtico gilipollas. ¿Vas a ir ahora al garaje?

–No, mañana por la mañana. El garaje debe de estar cerrado y sin una orden no podría hacer nada. Además, prefiero ir sin atraer la atención. No quiero encontrar la ambulancia, sino pillar a los tipos que la utilizaron. Vale más hacerse pasar por un turista que provocar la huida de las liebres de su madriguera.

Pilguez pagó la cuenta y salieron a la calle. El lugar donde había sido vista la ambulancia estaba un cruce más allá del sitio donde acababan de cenar, y George miró la esquina de la calle como buscando una imagen.

–¿Sabes qué me gustaría? –dijo Nathalia.

–No, pero vas a decírmelo.

–Que vinieras a dormir a casa. No tengo ganas de dormir sola esta noche.

–¿Tienes un cepillo de dientes?

–¡Tengo el tuyo!

–Me gusta provocarte; sólo me divierto contigo. Venga, vamos, yo también quería quedarme contigo esta noche. Hace mucho tiempo.

–El jueves pasado.

–Justo lo que yo digo.

Cuando apagaron la luz, una hora y media más tarde, George había llegado a la convicción de que resolvería aquel enigma, y sus convicciones resultaban acertadas una de cada dos veces. La jornada del martes fue fructífera. Tras haber hablado con la señora Kline descartó toda sospecha relacionada con ella, pues se enteró de que los propios médicos le habían propuesto poner fin a aquella situación. Desde hacía dos años, la ley cerraba los ojos en casos similares. La madre había colaborado; indudablemente estaba muy afectada, y Pilguez sabía distinguir a las personas sinceras de los que simulaban el dolor moral. No encajaba en absoluto en el perfil de un personaje capaz de organizar semejante operación. En el garaje había visto el vehículo empleado para el secuestro. Al entrar, se había quedado desconcertado, pues el taller estaba especializado en la reparación de ambulancias, coches de bomberos y demás vehículos de ese tipo. En aquel taller de carrocería sólo había vehículos así, de modo que era imposible hacerse pasar por un turista. Unos cuarenta mecánicos y aproximadamente una decena de administrativos trabajaban allí. En total, unas cincuenta personas potencialmente sospechosas. El dueño había escuchado el relato del inspector y expresado su extrañeza de que los autores del crimen hubieran devuelto el vehículo en lugar de hacerlo desaparecer. Pilguez había respondido que el robo habría alertado a los servicios de policía, los cuales habrían relacionado los casos. Probablemente estaría implicado un empleado del garaje, quien confiaría en que el «préstamo» pasara inadvertido.

Faltaba descubrir quién era el implicado. Según el director ninguno, pues la cerradura no presentaba señales de haber sido forzada y nadie tenía llave del garaje para poder entrar en él durante la noche. Pilguez interrogó al jefe de taller sobre qué habría podido incitar a los «prestatarios» a elegir aquel modelo antiguo, y éste le dijo que era el único que se conducía igual que un turismo. El inspector interpretó aquello como un indicio más de que un miembro del personal era cómplice en el asunto. A la pregunta de si era posible que alguien hubiera tomado a escondidas la llave para hacer una copia durante la jornada laboral, el hombre contestó afirmativamente.

–Es posible –dijo–. A mediodía, cuando se cierra la puerta principal.

Así pues, todo el mundo era sospechoso. Pilguez pidió los expedientes del personal y colocó arriba de todo los de los empleados que se habían marchado del garaje durante los dos últimos años. Regresó a la comisaría hacia las dos de la tarde. Nathalia no había vuelto de comer, de modo que se sumergió en el análisis profundo de las cincuenta y siete carpetas marrones que había dejado sobre su mesa. Llegó hacia las tres con un nuevo corte de pelo y dispuesta a aguantar los sarcasmos de su compañero de trabajo.

–Cállate, George, vas a decir una gilipollez –le espetó nada más entrar, antes incluso de haber dejado el bolso.

Él alzó la mirada de los papeles, la escrutó con una sonrisa burlona. Antes de que dijera algo, ella se había acercado a él y le había puesto el índice sobre los labios para que guardara silencio.

–Hay una cosa que va a interesarte mucho más que mi corte de pelo, y sólo te la diré si renuncias a hacer cualquier comentario, ¿de acuerdo?

George fingió estar amordazado y emitió un gruñido para expresar que aceptaba las condiciones del trato. Nathalia retiró el dedo.

–La madre de la chica ha telefoneado. Ha recordado un detalle importante para la investigación y está en su casa esperando tu llamada.

–Me encanta tu corte de pelo. Te sienta muy bien.

Nathalia sonrió y volvió a su mesa. La señora Kline informó a Pilguez por teléfono de su extraña conversación con aquel joven con el que se había encontrado por casualidad en La Marina, y el que le había soltado un buen sermón sobre la eutanasia.

Le contó detalladamente el episodio de su encuentro con ese arquitecto que supuestamente había conocido a Lauren en urgencias, adonde había ido para que le curaran un corte que se había hecho con un cúter. Había afirmado que comía a menudo con su hija. A pesar de que la perra pareció haberlo reconocido, a ella le extrañaba mucho que su hija no lo hubiera mencionado nunca, sobre todo si, como decía él, se habían conocido hacía dos años. Seguramente este último detalle facilitaría la investigación.

–Vaya, vaya... –había murmurado el policía en ese instante–. En resumen, ¿me pide que busque a un arquitecto que supuestamente se cortó con un cúter hace un par de años, a quien supuestamente atendió su hija en el hospital y del que deberíamos sospechar porque durante un encuentro fortuito le manifestó a usted su oposición a la eutanasia?

–¿No le parece una pista importante? –había preguntado la señora Kline.

–No, la verdad es que no –había contestado el policía antes de colgar.

–Bueno, ¿de qué se trataba? –preguntó Nathalia.

–No estaba nada mal la media melena que llevabas.

–Vale..., era un entusiasmo infundado.

George volvió a concentrarse en los expedientes, pero ninguno sugería nada. Exasperado, agarró el auricular del teléfono, se lo acercó a la cara, entre la oreja y la barbilla, y marcó el número de la centralita del hospital. La operadora respondió a la novena señal.

–¡Vale más no morirse con ustedes!

–No, para eso llame al depósito directamente –replicó la mujer sin cortarse un pelo.

Después de presentarse, Pilguez le preguntó si su sistema informático le permitía efectuar una búsqueda sobre las admisiones en urgencias por profesión y por tipo de herida.

–Depende del período en el que busque –había contestado ella.

A continuación precisó que, de todas formas, el secreto médico le impediría dar información, y menos aún por teléfono.

El inspector le colgó en las narices, se puso la gabardina y se encaminó a la puerta. Bajó la escalera hasta el aparcamiento y se dirigió a buen paso hacia su coche. Cruzó la ciudad con el faro giratorio en el techo y la sirena conectada, sin parar de maldecir. Llegó al Memorial Hospital apenas diez minutos después y se plantó ante el mostrador de admisión.

–Me han pedido que encuentre a una chica en coma que les quitaron durante la noche del domingo al lunes, así que o me ayudan ustedes y no me incordian con sus secretos de matasanos burócratas, o paso a otro asunto y listos.

–¿Qué puedo hacer por usted? –preguntó Jarkowizski, que acababa de aparecer en el hueco de la puerta.

–Decirme si sus ordenadores pueden localizar a un arquitecto que al parecer se hirió y fue atendido por la desaparecida.

–¿Cuándo ocurrió eso?

–Hace unos dos años.

La enfermera se inclinó sobre el ordenador y pulsó unas teclas.

–Miraremos las entradas y buscaremos un arquitecto –dijo–. La respuesta tardará unos minutos.

–Esperaré.

La pantalla emitió su veredicto seis minutos después. Ningún arquitecto había sido atendido de una lesión de este tipo en el curso de los dos últimos años.

–¿Está segura?

La enfermera se mostró categórica. La casilla «profesión» había que cumplimentarla obligatoriamente, debido a los seguros y a las estadísticas sobre los accidentes de trabajo. Pilguez le dio las gracias e inmediatamente regresó a la comisaría. Por el camino, aquella historia empezó a causarle cierta inquietud. El tipo de inquietud que, en un abrir y cerrar de ojos, podía acaparar toda su concentración y hacerle olvidar todas las demás pistas posibles en cuanto presentía que había encontrado un eslabón perdido de la cadena de su investigación. Tomó el móvil y marcó el número de Nathalia.

–Búscame si vive algún arquitecto en la manzana de casas donde fue vista la ambulancia. No cuelgo.

–Era Union, Filbert y Green, ¿verdad?

–Y Webster, pero amplía la búsqueda a las dos calles adyacentes.

–Te llamo –le dijo, y colgó.

Tres estudios de arquitectura y el domicilio de un arquitecto se encontraban en dicha zona, aunque en el primer perímetro únicamente figuraba el domicilio del arquitecto. Uno de los estudios se hallaba justo en la calle contigua, y los otros dos, dos calles más allá. De regreso en su despacho, llamó a los tres estudios para averiguar cuántas personas trabajaban allí. Veintisiete en total. En resumen, a las dieciocho horas y treinta minutos tenía cerca de ochenta sospechosos, uno de los cuales quizás esperaba la donación de un órgano o tenía a algún allegado en esa situación. Reflexionó unos instantes y se dirigió a Nathalia.

–¿Tenemos estos días a algún jovenzuelo en prácticas de sobra?

–¡Nunca tenemos personal de sobra! Si fuera así, me iría a mi casa a una hora decente y no viviría como una solterona.

–No te atormentes, cielo. Manda a uno a que se apueste disimuladamente frente al domicilio del que vive en esa manzana y que intente hacerle una foto cuando vaya a entrar en casa.

A la mañana siguiente, Pilguez se enteró de que el joven en prácticas había fracasado en su intento, ya que el hombre no había vuelto a casa en toda la noche.

–¡Bingo! –le había dicho al alumno-inspector–. Tenme preparado todo sobre ese tipo para esta noche: su edad, si es marica, si se droga, dónde trabaja, si tiene perro, gato, periquito, dónde está en estos momentos, qué estudios tiene, si ha estado en el ejército, todas sus manías... Llama al ejército, al FBI, a donde se te ocurra, pero quiero saberlo todo.

–Yo soy marica, inspector –había replicado el joven con cierto orgullo–, pero eso no me impedirá hacer el trabajo que me pide.

El inspector, hosco, se pasó el resto del día haciendo balance de las pistas que tenía, y nada le permitía ser optimista. Aunque la ambulancia había sido identificada gracias a un golpe de suerte, ninguno de los expedientes del personal del garaje señalaba a un presunto sospechoso, lo que hacía prever un buen número de interrogatorios a ciegas. Habría que interrogar a más de sesenta arquitectos por el simple hecho de trabajar o vivir en las inmediaciones de la manzana de casas donde la ambulancia daba vueltas la noche del secuestro.

Uno de ellos quizá fuera sospechoso por haber acariciado al perro de la madre de la víctima y haberse declarado en contra de la eutanasia, cosa que, tal como Pilguez se confesaba a sí mismo, no constituía desde luego un móvil de secuestro. Una «auténtica investigación de mierda», digna de figurar en los manuales.

La mañana de ese miércoles, el sol salió en Carmel apenas cubierto por la bruma. Lauren se había despertado temprano. Había salido de la habitación para no despertar a Arthur y estaba furiosa por su incapacidad para prepararle un simple desayuno. Finalmente, puestos a elegir, reconoció que se sentía agradecida porque en medio de todo aquel embrollo de situaciones y hechos absurdos él hubiera podido tocarla, sentirla y amarla como a una mujer en plena posesión de su vida. Estaban produciéndose una serie de fenómenos que ella no entendería ni intentaría entender jamás. Recordó lo que su padre le había dicho un día:

«No hay nada imposible; tan sólo los límites de nuestra mente definen determinadas cosas como inconcebibles. Muchas veces es preciso resolver varias ecuaciones para admitir un razonamiento nuevo. Es una cuestión de tiempo y de los límites de nuestro cerebro. Realizar un trasplante de corazón, hacer volar un avión de trescientas cincuenta toneladas y caminar por la Luna ha exigido mucho trabajo, y más imaginación aún. Así que cuando los sabios más sabios afirman que es imposible trasplantar un cerebro, viajar a la velocidad de la luz o clonar a un ser humano, yo me digo que en definitiva no han aprendido nada de sus propios límites, los de considerar que todo es posible y que se trata de una cuestión de tiempo, el tiempo de comprender cómo es posible.»

Todo lo que ella vivía y experimentaba era ilógico, inexplicable, contrario a todas las bases de su cultura científica, pero estaba sucediendo. Y los dos últimos días había hecho el amor con un hombre, experimentando emociones y sensaciones desconocidas para ella, incluso cuando estaba viva, cuando cuerpo y alma eran uno solo. Lo más importante para ella, mientras veía alzarse aquella sublime bola de fuego sobre el horizonte, era que aquello durase.

Arthur se levantó poco después, la buscó en la cama,

se puso un albornoz y salió a la escalinata. Tenía el pelo revuelto y se pasó la mano por encima para aplanarlo. Fue hasta donde ella estaba, en las rocas, y la abrazó por sorpresa.

–Es impresionante –dijo.

–Creo que en vista de que no podemos imaginar el futuro, deberíamos cerrar la maleta y vivir el presente. ¿Quieres tomar un café?

–Yo diría que es imprescindible. Y luego te llevaré a ver los leones marinos que se bañan al final de las rocas.

–¿Leones marinos auténticos?

–Y focas, y pelícanos, y... ¿No habías venido nunca aquí?

–Lo intenté una vez, pero las cosas se torcieron.

–Eso es relativo; todo depende del punto de vista desde el que lo mires. Además, me había parecido oír que debíamos cerrar las maletas y vivir el presente.

El mismo miércoles, el policía en prácticas dejó caer el abultado expediente que había preparado sobre la mesa de Pilguez.

–¿Cuál es el resultado? –preguntó éste antes incluso de abrirlo.

–Va a sentirse decepcionado y encantado al mismo tiempo.

Para expresar su impaciencia, que rozaba los límites de la exasperación, Pilguez dio unos golpecitos en el nudo de su corbata.

–Uno, dos..., uno, dos..., ¡adelante, amigo, mi micro funciona, te escucho!

El joven leyó sus notas. El arquitecto en cuestión no tenía nada de sospechoso. Era un tipo de lo más normal; no se drogaba, mantenía buenas relaciones con el vecindario y, por supuesto, no tenía antecedentes penales. Había estudiado en California y vivido algún tiempo en Europa. Después había regresado para instalarse en su ciudad natal. No pertenecía a ningún partido político, no era miembro de ninguna secta y no militaba a favor de ninguna causa. Pagaba los impuestos y las multas y ni siquiera lo habían detenido en estado de embriaguez o por exceso de velocidad. En pocas palabras, un tipo aburrido.

–¿Y por qué voy a estar encantado?

–¡Porque ni siquiera es marica!

–¡Pero si yo no tengo nada en contra de los maricas, joder! ¿Qué más hay en tu informe?

–Su antigua dirección, su foto, aunque un poco antigua..., la he conseguido en el Servicio de Matrículas, es de hace cuatro años, tiene que renovar el permiso a fines de éste; un artículo que publicó en *Architectural Digest,* copias de sus diplomas y una lista de sus saldos bancarios y títulos de propiedades.

–¿Cómo te las has arreglado para conseguir eso?

–Tengo un amigo que trabaja en Hacienda. El arquitecto es huérfano y heredó una casa en la bahía de Monterrey.

–¿Crees que está allí de vacaciones?

–Está allí, y lo único que va a excitarle es precisamente esa cabaña.

–¿Por qué?

–Porque no hay teléfono, cosa que me parece extraña

en una casa aislada; la línea está cortada desde hace más de diez años y nunca ha vuelto a ser puesta en servicio. En cambio, el viernes pasado pidió que conectaran la corriente eléctrica y el agua. El domingo regresó a esa casa por primera vez desde hace mucho tiempo. Pero eso no es un crimen.

–Pues, mira tú por dónde, ese último dato es el que me hace feliz.

–¡Vaya por Dios!

–Has hecho un buen trabajo. Con una mente tan retorcida como la que tienes, seguramente serás un buen poli.

–Viniendo de usted, tendré que tomarme eso como un cumplido.

–¡Sin duda! –intervino Nathalia.

–Ve a ver a la señora Kline con la foto y pregúntale si es el tipo de La Marina al que no le gusta la eutanasia. Si lo identifica, entonces tenemos una buena pista.

Cuando el policía se hubo ido, George Pilguez se sumergió en el expediente de Arthur.

La mañana del jueves fue fructífera. A primera hora, el joven en prácticas le informó que la señora Kline había identificado al individuo sin vacilar. Pero el verdadero descubrimiento lo hizo justo antes de llevar a Nathalia a comer.

Aunque tenía ese dato delante de las narices desde hacía tiempo, no había establecido la relación. El domicilio de la joven secuestrada era el mismo que el del arquitecto. Con aquello, ya eran demasiados indicios para que el sujeto en cuestión fuese ajeno al asunto.

–¿Por qué pones esa cara? Deberías estar contento, la investigación parece que avanza –dijo Nathalia mientras se tomaba una Coca-Cola light.

–Porque no veo el móvil. Ese tipo no presenta el perfil de un perturbado. Y nadie va a un hospital a robar un cuerpo en coma por las buenas, para divertir a los amigos. Se necesita una verdadera razón. Y además, según los del hospital, se requiere cierta experiencia para poner ese puente central.

–Es una vía central, no un puente. ¿No será su novio?

La señora Kline le había asegurado que no, y había sido tajante en ese punto. Estaba casi segura de que no se conocían.

–¿Alguna relación con el apartamento? –preguntó Nathalia.

–Tampoco –respondió el inspector.

Era inquilino y, según la agencia inmobiliaria, había ido a parar allí por pura casualidad. Estaba a punto de firmar un contrato para otro apartamento en Filbert, pero un empleado diligente de la agencia se había empeñado en enseñarle ése, «que acababa de entrar en su stock» justo antes de que firmara.

–O sea que no hay ninguna premeditación en lo del domicilio.

–No, es una verdadera coincidencia.

–Entonces, ¿es él o no es él?

–No podemos afirmarlo –dijo George lacónicamente.

Ninguno de los elementos, tomados por separado, justificaba que estuviese implicado. Sin embargo, las piezas del puzzle encajaban de forma sorprendente. Dicho esto, sin móvil, Pilguez no podría hacer nada.

–No se puede acusar a un tipo porque tenga alquilado desde hace unos meses el apartamento de una mujer a la que secuestraron a principios de semana. En fin, va a costarme encontrar a un fiscal que me apoye.

Nathalia le sugirió que lo interrogara y lo hiciera derrumbarse «bajo un foco». El viejo poli se echó a reír.

–Ya me imagino el principio del interrogatorio: Señor, usted vive en el apartamento de una mujer en coma que fue secuestrada en la noche del domingo al lunes. Pidió que conectaran el agua y la electricidad en su casa de campo el viernes anterior al crimen. ¿Por qué? Y al llegar ahí, el tipo te mira fijamente a los ojos y te dice que no está muy seguro de haber comprendido el significado de la pregunta. Entonces tú no tienes más que decirle francamente que él es tu única pista y que te iría de coña que fuese el autor del secuestro.

–¡Tómate dos días y ve a verlo!

–Sin una orden del fiscal, todo lo que traiga no servirá para nada.

–A menos que traigas el cuerpo y siga con vida.

–¿Crees que es él?

–Yo creo en tu olfato, creo en los indicios y creo que cuando pones esa cara es que sabes que tienes al culpable pero aún no sabes cómo atraparlo. George, lo más importante es encontrar a la chica; aunque esté en coma, se trata de un secuestro. ¡Venga, paga la cuenta y vete al campo!

Pilguez se levantó, besó a Nathalia en la frente, dejó dos billetes en la mesa y salió a la calle apresuradamente.

Durante las tres horas y media que tardó en llegar a Carmel, no paró de buscar un móvil y de pensar en la manera de acercarse a su presa sin asustarla, sin atraer su atención.

CAPÍTULO 13

Poco a poco, la casa recobraba vida. Como esos niños que colorean dibujos procurando no salirse de los límites marcados, Arthur y Lauren entraban en las habitaciones, abrían las ventanas, retiraban las sábanas que cubrían los muebles, desempolvaban, sacudían y abrían los armarios. Y, poco a poco, los recuerdos de la casa se transformaban en instantes presentes. La vida volvía a imponerse. Aquel jueves, el cielo estaba encapotado y parecía como si el mar quisiera romper las rocas que le cerraban el paso en la parte inferior del jardín. Al final del día, Lauren se instaló en la galería y contempló el espectáculo. El agua se había tornado gris; arrastraba amasijos de algas con ramas de espinos. El cielo se había teñido de malva y luego de negro. Estaba contenta, le gustaba cuando la naturaleza decidía enfurecerse. Arthur había acabado de ordenar el saloncito, la biblioteca y el despacho de su madre. Al día siguiente pasarían al piso superior, con sus tres dormitorios.

Se sentó sobre los cojines que cubrían el borde del ventanal y miró a Lauren.

–¿Sabes que es la novena vez que te cambias de ropa desde la hora de comer?

–Sí. La culpa la tiene esa revista que compraste. No consigo decidirme, es todo precioso.

–Tu manera de comprar sería la envidia de todas las mujeres de la tierra.

–Pues espera, que no has visto el cuadernillo central.

–¿Qué dice el cuadernillo central?

–No dice nada, está dedicado a la ropa interior femenina.

Arthur presenció el desfile de modelos más sensual que haya visto un hombre. Más tarde, envueltos en la ternura de un amor satisfecho, el cuerpo y el alma sosegados, permanecieron acurrucados en la oscuridad mirando el mar. Finalmente se durmieron, acunados por el ruido de las olas.

Pilguez había llegado al anochecer. Se dirigió al Carmel Valley Inn.

La recepcionista le dio las llaves de una gran habitación con vistas al mar. Estaba en un bungaló, en la parte alta del parque que domina la bahía, y tuvo que tomar el coche para ir hasta allí. Acababa de empezar a deshacer la bolsa de viaje cuando los primeros relámpagos rasgaron el cielo; tomó conciencia de que vivía a tres horas y media de camino y nunca había ido a ver aquello. En ese preciso instante sintió deseos de llamar a Nathalia para compartir aquel momento, para no vivirlo solo. Descolgó el teléfono, respiró hondo y volvió a colgar sin haber marcado el número.

Pidió algo de comer, se instaló delante de la tele y lo asaltó el sueño mucho antes de las diez.

A primera hora de la mañana, el sol brillaba tanto al despertar que las nubes habían huido aterrorizadas, sin rechistar. Un alba húmeda nacía alrededor de la casa. Arthur se despertó tumbado en la galería. Lauren dormía profundamente. Dormir era nuevo para ella. Durante meses no había podido hacerlo, por lo que los días le resultaban terriblemente largos. En la parte alta del jardín, escondido tras el desnivel de la entrada, George espiaba con unos prismáticos de largo alcance que había recibido como regalo por sus veinte años de servicio. Hacia las once, vio que Arthur cruzaba el jardín en dirección hacia donde él estaba. El sospechoso giró a la derecha de la rosaleda y abrió la puerta del garaje.

Al entrar, Arthur se encontró delante de una funda cubierta de polvo. La levantó, dejando al descubierto las formas de un viejo Ford de 1961 con aspecto de vehículo de colección. Arthur sonrió pensando en las manías de Antoine. Dio la vuelta al coche y abrió la portezuela trasera izquierda. El olor a piel vieja le inundó las fosas nasales. Se sentó en el asiento, cerró la puerta, luego los ojos, y recordó una tarde de invierno delante de Macy's, en Union Square. Vio al hombre de la gabardina que él había estado a punto de derribar de un disparo con su fusil intergaláctico y que en el último momento fue salvado por la tierna ingenuidad de su madre, que se había interpuesto en su línea de tiro. El desintegrador atómico con forma de encendedor debía de estar aún cargado. Pensó en aquel Papá Noel de 1965, atascado con su tren eléctrico en las tuberías de la calefacción central.

Le parecía oír ronronear el motor. Abrió la ventanilla, asomó la cabeza y notó que el pelo se le iba hacia atrás, movido por el viento que soplaba en sus recuerdos. Sacó una mano, con el brazo medio estirado, y jugó con ella, pues se había convertido en un avión; la inclinó para modificar el ángulo de vuelo, y observó que tan pronto se elevaba hacia el techo del garaje como bajaba en picado.

Cuando abrió los ojos, vio una nota encima del volante.

> Arthur, si quieres ponerlo en marcha encontrarás un cargador de batería en la estantería de la derecha. Pisa un par de veces el acelerador antes de dar el contacto para que circule la gasolina. No te extrañes si arranca enseguida; es normal, tratándose de un Ford del sesenta y uno. El compresor para hinchar las ruedas está en su caja, debajo del cargador.
>
> Besos.
>
> Antoine

Salió del vehículo, cerró la portezuela y se dirigió a la estantería. Allí, en un rincón del garaje, vio la barca. Se acercó y la acarició con la yema de los dedos. Debajo del asiento de madera encontró un arte de pesca: un sedal verde enrollado alrededor de un carrete de corcho y con un anzuelo oxidado en el extremo. Se sintió embargado por la emoción. Por fin tomó el cargador, abrió el capó del viejo Ford y conectó los terminales para que la batería se fuera cargando. Al salir del garaje, abrió de par en par las puertas correderas.

George tomaba notas en su cuaderno, sin quitarle ojo de encima al sospechoso. Lo vio poner la mesa en el cenador, sentarse, comer y luego quitar la mesa. Hizo una pausa para dar un bocado cuando Arthur se adormiló sobre los cojines, a la sombra del patio. Lo siguió cuando fue de nuevo al garaje, oyó el ruido del compresor y más claramente el del V6 al ponerse en marcha tras un par de carraspeos. Saludó con la mirada al coche cuando pasó junto a la galería, decidió interrumpir la vigilancia y se fue al pueblo en busca de alguna información sobre aquel extraño personaje. Hacia las ocho regresó a su habitación y telefoneó a Nathalia.

–Bien –dijo ella–, ¿a qué conclusión has llegado?

–A ninguna. No hay nada anormal. Bueno, casi nada. Está solo, no para en todo el día, limpia, repara cosas, hace descansos para comer y cenar. He preguntado a los comerciantes. La casa pertenecía a su madre, que murió hace años. El jardinero siguió viviendo allí hasta su muerte. Como ves, todo esto no me lleva a ninguna parte. Tiene derecho a abrir la casa de su madre cuando le venga en gana.

–Entonces, ¿por qué dices casi?

–Porque hace cosas extrañas. Habla solo, se comporta en la mesa como si fueran dos, a veces permanece frente al mar con un brazo levantado en horizontal durante diez minutos. Anoche se abrazó él solo en el patio.

–¿Cómo lo hizo?

–Como si besara apasionadamente a una chica, con la diferencia de que estaba solo.

–Quizá sea su forma particular de revivir los recuerdos.

–¡Hay muchos «quizás» en mi candidato!

–¿Sigues creyendo en esa pista?

–No lo sé, preciosa, pero en cualquier caso hay algo extraño en su comportamiento.

–¿Qué hay de extraño?

–Está increíblemente tranquilo para ser culpable.

–Entonces, ¿ya no crees en ella?

–Voy a darme dos días más y vuelvo. Mañana haré una incursión a cara descubierta.

–¡Ten cuidado!

George colgó, pensativo.

Arthur acariciaba el teclado del largo piano con la yema de los dedos. Aunque el instrumento no conservaba sus armonías de antaño, se había puesto a tocar el *Claro de luna* de Werther, evitando algunas notas demasiado discordantes. Era la pieza preferida de Lili. Mientras tocaba, se dirigió a Lauren, que se había sentado en el alféizar de la ventana, tal como le gustaba hacer: una pierna estirada sobre el alféizar, la otra doblada por dentro, y la espalda apoyada en la pared.

–Mañana cerraré la casa para ir al pueblo a hacer unas compras. Ya no nos queda casi nada.

–Arthur, ¿durante cuánto tiempo piensas renunciar a toda tu vida?

–¿Es obligatorio tener esa conversación ahora?

–Quizá siga años en este estado, y me pregunto si te das cuenta de dónde te has metido. Tienes un trabajo, amigos, responsabilidades, tu mundo.

–¿Qué es mi mundo? Yo soy de todos los pueblos. No

tengo mundo, Lauren. Llevamos aquí menos de una semana y no me tomaba unas vacaciones desde hacía dos años, así que dame un poco de tiempo.

La abrazó e hizo como que quería dormirse.

–Sí, tienes un mundo. Todos tenemos nuestro universo. Para que dos seres vivan el uno del otro, no basta con que se quieran; es preciso que sean compatibles, es preciso que se encuentren en el momento oportuno. Y no es ése precisamente nuestro caso.

–¿Te he dicho yo que te quiero? –preguntó él con aire tímido.

–Me has dado pruebas de que me amas –respondió Lauren–, que es mucho mejor.

Ella no creía en el azar. ¿Por qué era él la única persona del planeta con la que podía hablar, comunicarse? ¿Por qué se habían entendido tan bien? ¿Por qué tenía la sensación de que él se lo adivinaba todo?

–¿Se puede saber por qué me das lo mejor de ti, cuando recibes tan poco de mí?

–Porque de repente estás aquí, existes, porque un momento tuyo es inmenso. Ayer es pasado, mañana todavía no existe; lo que cuenta es hoy, el presente.

Arthur añadió que no tenía otra opción que hacer todo lo posible para no dejarla morir...

Pero Lauren tenía miedo precisamente de «lo que aún no existía». Para tranquilizarla, Arthur le dijo que el día siguiente sería tal como ella quisiera. Viviría según lo que diera de sí misma y lo que aceptara recibir.

–El mañana es un misterio para todo el mundo, y ese misterio debe provocar risa y deseo, no miedo ni rechazo.

Le besó los párpados, le tomó una mano entre las suyas, se pegó a su espalda. La noche profunda se alzó sobre ellos.

Estaba arreglando el interior del maletero del viejo Ford cuando vio levantarse polvo en la parte alta del jardín. Pilguez bajó por el camino y detuvo el vehículo delante del porche.

–Buenos días, ¿puedo hacer algo por usted? –preguntó Arthur.

–Vengo de Monterrey. La agencia inmobiliaria me dijo que esta casa estaba desocupada, y como estoy buscando algo para comprar en esta zona, he venido a ver, pero parece que he llegado demasiado tarde.

Arthur contestó que ni había sido comprada ni estaba en venta. Era la casa de su madre y acababa de abrirla de nuevo. Agobiado por el calor, le ofreció un refresco, pero el poli declinó la invitación diciendo que no quería entretenerlo. Arthur insistió y le propuso que tomara asiento en la galería; él volvería enseguida. Cerró el maletero, se metió en la casa y regresó con una bandeja en la que había dos vasos y una gran botella de limonada.

–Es una casa muy bonita –comentó Pilguez–. Supongo que no debe de haber muchas como ésta en la zona.

–No lo sé. Llevaba años sin venir.

–¿Qué le ha hecho volver de repente?

–Creo que había llegado el momento. Me crié aquí, y después de la muerte de mi madre nunca me había sentido con fuerzas para volver, pero de pronto se convirtió en una necesidad.

–¿Así, sin más?

Arthur empezó a encontrarse incómodo. Aquel desconocido le hacía unas preguntas demasiado personales, como si supiera algo que no quería revelar. Se sintió manipulado. No lo relacionó con Lauren, sino que pensó que se trataba de uno de esos promotores que intentan establecer vínculos con sus futuras víctimas.

–En cualquier caso –respondió–, nunca me desprenderé de ella.

–Hace bien. La casa familiar no debe venderse; a mí me parece un sacrilegio.

Arthur empezaba a sospechar algo, y Pilguez intuyó que había llegado el momento de dar marcha atrás. Iba a dejarlo para que fuera a hacer sus compras; además, él también tenía que ir al pueblo «para buscar otra casa». Le dio las gracias por el recibimiento y la bebida, se despidió efusivamente y se alejó en su coche.

–¿Qué quería? –preguntó Lauren, que acababa de aparecer en el porche.

–Según él, comprar esta casa.

–No me gusta esto.

–A mí tampoco, pero no sé por qué.

–¿Crees que es un poli?

–No. Me parece que estamos paranoicos, porque no sé cómo hubieran podido encontrar nuestro paradero. Me inclino más bien a pensar que es un promotor o un agente inmobiliario que quería tantear el terreno. No te preocupes, ¿te quedas o te vienes?

–Voy contigo –contestó ella.

Veinte minutos después de que se hubieran marchado, Pilguez bajó de nuevo a pie.

Una vez delante de la casa, comprobó que la puerta de entrada estaba cerrada con llave y comenzó a dar la vuelta a la edificación. Aunque no había ninguna ventana abierta, sólo estaban cerrados los postigos de un cuarto. Una sola habitación cerrada era suficiente para que el viejo policía sacara conclusiones.

No se entretuvo más tiempo allí y volvió rápidamente al coche.

Marcó el número de Nathalia en el móvil. La conversación fue larga. Pilguez le contó que seguía sin tener ni pruebas ni indicios, pero que su instinto le decía que Arthur era culpable. Nathalia no puso en duda su perspicacia; el problema era que Pilguez no disponía de una orden judicial que le permitiera hostigar a un hombre sin un móvil verosímil.

Estaba seguro de que la clave del enigma residía en el motivo. Y debía de ser muy importante para que un hombre aparentemente equilibrado, sin necesidad especial de dinero, se expusiera de esa forma. Pero Pilguez no encontraba la clave de la solución. Había considerado todos los motivos clásicos, pero ninguno de ellos se sostenía.

Entonces se le ocurrió la idea del farol: proclamar una mentira para descubrir la verdad, pillar desprevenido al sospechoso y tratar de sorprender una reacción o una actitud que corroborara o desmintiera sus dudas. Puso el motor en marcha, entró en la propiedad y aparcó delante del porche.

Arthur y Lauren llegaron una hora más tarde. Cuando

el primero salió del Ford, miró a Pilguez directamente a los ojos y éste se dirigió hacia él.

–¡Dos cosas! –dijo Arthur–. ¡La primera, que esta casa no está ni estará en venta! ¡La segunda, que es una propiedad privada!

–Lo sé, y me da absolutamente lo mismo que esté en venta o no lo esté. Ya es hora de que me presente. –Le mostró la placa y añadió–: Tengo que hablar con usted.

–¡Creo que eso es lo que está haciendo!

–Tranquilamente.

–Tengo tiempo.

–¿Podemos entrar?

–¡Sin una orden, no!

–Hace mal en adoptar esa actitud.

–Usted ha hecho mal en mentirme. Yo le he recibido en mi casa y le he invitado a beber.

–¿Podemos al menos sentarnos en el porche?

–Podemos. Pase delante.

Se sentaron en el balancín.

Lauren, de pie ante la escalinata, estaba aterrorizada. Arthur le hizo un guiño para tranquilizarla y darle a entender que controlaba la situación y que no había que preocuparse.

–¿Qué puedo hacer por usted? –le preguntó al policía.

–Explicarme su motivo. Ahí es donde me quedo bloqueado.

–¿Mi motivo para qué?

–Voy a ser muy franco. Sé que es usted.

–Aun a riesgo de parecerle un poco tonto, le diré que, efectivamente, soy yo. Yo soy yo desde que nací; nunca he padecido esquizofrenia. ¿De qué demonios habla?

Quería hablarle del cuerpo de Lauren Kline, que él había robado del Memorial Hospital durante la noche del domingo al lunes con ayuda de un cómplice y utilizando una vieja ambulancia. Le informó que la ambulancia había sido encontrada en un taller de reparación de carrocerías. Siguiendo con su táctica, afirmaba estar convencido de que el cuerpo estaba allí, en aquella casa, más concretamente en la única habitación con los postigos cerrados.

–Lo que no entiendo es por qué, y no puedo parar de darle vueltas.

Le faltaba poco para jubilarse y lo que menos le apetecía era acabar su carrera con un enigma sin resolver. Quería descubrir los pormenores de aquel caso.

Lo único que le interesaba era saber por qué lo había hecho.

–Me importa un carajo meterlo entre rejas. Llevo toda la vida enchironando a la gente, total, para que salgan al cabo de unos años y vuelvan a empezar. Por un delito así le caerán cinco años como máximo, así que no voy ni a molestarme, pero quiero conocer el motivo.

Arthur fingió no comprender una sola palabra de lo que decía el policía.

–¿Qué es toda esa historia de cuerpos y ambulancias?

–Intentaré robarle el menos tiempo posible. ¿Acepta dejarme entrar en la habitación de los postigos cerrados sin una orden de registro?

–¡No!

–¿Y por qué, si no tiene nada que ocultar?

–Porque esa habitación, como usted dice, era el dormitorio y el despacho de mi madre y está cerrada desde que ella murió.

»Es el único sitio donde no he tenido valor para entrar, y por eso están cerrados los postigos. Hace más de veinte años que esa estancia está cerrada, y no cruzaré el umbral de esa puerta si no estoy solo y preparado para hacerlo, ni siquiera para evitar que usted imagine una solución para su rocambolesca historia. Espero haber sido claro.

–Su explicación es lógica. En fin, me voy a marchar...

–Exacto, váyase, tengo que vaciar el maletero.

Pilguez se dirigió hacia su coche. Mientras abría la portezuela, se volvió y miró a Arthur directamente a los ojos, vaciló un instante y decidió llevar hasta el final el farol que se había marcado.

–Si quiere visitar esa estancia en la más estricta intimidad, cosa que comprendo, hágalo esta noche. Porque yo soy testarudo y volveré mañana a última hora con una orden, y entonces ya no podrá estar solo. Puede intentar trasladar el cuerpo por la noche, por supuesto, pero en el juego del gato y el ratón yo tengo más experiencia, llevo treinta años en el oficio, y su vida se convertiría en una pesadilla. Dejo mi tarjeta sobre la balaustrada con el número del móvil por si tiene algo que decirme.

–¡No tendrá ninguna orden!

–Cada oficio tiene sus trucos. Buenas noches.

Pilguez se alejó deprisa. Arthur se quedó inmóvil unos minutos, con los brazos en jarras y el corazón latiéndole aceleradamente. Lauren no tardó en interrumpir el hilo de sus pensamientos.

CAPÍTULO

14

–¡Hay que confesarle la verdad y negociar con él!

–Tengo que darme prisa en sacar tu cuerpo de aquí.

–¡No, no quiero! ¡Ya basta! Seguro que estará escondido por ahí y te pillará en flagrante delito. Para, Arthur, es tu vida. Ya lo has oído, te arriesgas a que te caigan cinco años de prisión.

Arthur presentía que el poli estaba marcándose un farol, que no tenía nada, que no conseguiría una orden judicial, y expuso su plan de salvamento: al caer la noche, saldrían por la parte de delante de la casa y meterían el cuerpo en la barca.

–Bordearemos la costa y te esconderemos en una gruta durante dos o tres días.

Si el policía indagaba, se quedaría con un palmo de narices y no tendría más remedio que abandonar.

–Te seguirá, porque es policía y porque es testarudo –replicó ella–. Todavía tienes una posibilidad de salir de este lío si le haces ganar tiempo en la investigación, si le ofreces la clave del enigma a cambio de un arreglo. Hazlo ahora; después será demasiado tarde.

–Está en juego tu vida, así que esta noche trasladaremos tu cuerpo.

–Arthur, tienes que ser razonable. Esto es una huida hacia delante, y es demasiado peligroso.

–Esta noche nos haremos a la mar –repitió Arthur, dándole la espalda.

Luego vació el maletero del coche. El resto del día se hizo largo. Se hablaron poco y apenas cruzaron unas miradas. Al final de la tarde, ella se plantó delante de él y lo estrechó entre sus brazos. Él la besó con dulzura.

–No puedo dejar que se te lleven, ¿lo entiendes? –dijo Arthur.

Ella lo entendía, pero le resultaba muy difícil permitir que comprometiera su vida.

Arthur esperó a que cayera la noche para salir por la puerta-ventana que daba a la parte de abajo del jardín. Anduvo hasta las rocas y comprobó que el mar se oponía a su proyecto. Grandes olas rompían contra la costa, imposibilitando la ejecución del plan que había trazado. La barca se estrellaría al primer golpe de mar. Y empezaba a soplar un viento que todavía empeoraba la situación. Se puso en cuclillas, con la cabeza entre las manos.

Lauren, que se había acercado a él sin hacer ruido, se arrodilló a su lado y le pasó un brazo por los hombros.

–Volvamos –le dijo–, vas a quedarte frío.

–Yo...

–No digas nada, interpreta esto como una señal. Pasaremos esta noche sin atormentarnos y ya verás como mañana se te ocurre algo; además, a lo mejor el viento amaina al amanecer.

Pero Arthur sabía que el viento de alta mar anunciaba una tormenta que duraría por lo menos tres días. Cuando el mar se enfurecía nunca se calmaba en una noche. Cenaron en la cocina y encendieron la chimenea del salón. Hablaban poco. Arthur no paraba de pensar, pero no se le ocurría nada. Fuera, el viento soplaba con más fuerza, doblando los árboles hasta casi partirlos, la lluvia azotaba los cristales de las ventanas y el mar había iniciado un ataque sin cuartel contra la muralla de rocas.

–Antes me encantaba cuando la naturaleza se desmandaba así. Esta noche parece la banda sonora de *Tornado*.

–Te veo muy triste, Arthur, pero no deberías estarlo. No estamos despidiéndonos. No paras de decirme que no piense en el mañana, así que aprovechemos este momento que todavía nos pertenece.

–No lo consigo. Ya no sé vivir el momento sin pensar en el que le seguirá. ¿Cómo lo consigues tú?

–Pienso en los minutos presentes; son eternos.

Lauren decidió contarle una historia, un juego para distraerlo. Le pidió que imaginara que había ganado un concurso cuyo premio sería el siguiente: todas las mañanas, un banco le abriría una cuenta con 86.400 dólares. Pero como todo juego tiene sus reglas, éste tendría dos.

–La primera regla es que todo lo que no te has gastado a lo largo del día, se te retira por la noche. No puedes hacer trampas, no puedes traspasar ese dinero a otra cuenta, sólo puedes gastarlo. Pero a la mañana siguiente, al despertar, el banco te abre otra cuenta con 86.400 dólares para ese día.

»La segunda regla es que el banco puede interrumpir este juego sin previo aviso. En cualquier momento puede decirte que se ha acabado, que cancela la cuenta y ya no te abre ninguna más. ¿Qué harías?

Arthur no acababa de entenderlo.

–Pero si es muy sencillo, hombre, es un juego. Todas las mañanas, al despertar, te dan 86.400 dólares con la única condición de que los gastes durante ese día, pues el saldo no utilizado se te retirará cuando te vayas a dormir. Pero ese don del cielo o ese juego puede acabar en cualquier momento, ¿comprendes? Y la pregunta es: ¿qué harías si te encontraras en esa situación?

Él respondió espontáneamente que se lo gastaría todo en lo que le apeteciera y en hacer multitud de regalos a las personas que quería. Emplearía hasta el último céntimo que le diera ese «banco mágico» en llevar la felicidad a su vida y a la de los que lo rodeaban.

–Incluso a la de gente que no conozco, porque no creo que pudiera gastar en mí y en mis allegados 86.400 dólares al día. Pero ¿adónde quieres ir a parar?

–Ese banco mágico lo tenemos todos –contestó ella–. Es el tiempo. El cuerno de la abundancia de los segundos que pasan.

»Todas las mañanas, al despertar, se nos abonan 86.400 segundos de vida en nuestra cuenta para ese día, y cuando nos dormimos por la noche no hay suma y sigue; lo que no se ha vivido en el día se ha perdido, ayer acaba de pasar. Todas las mañanas se repite ese prodigio, se nos abonan 86.400 segundos de vida, pero jugamos con esa regla inevitable: el banco puede cancelarnos la cuenta en cualquier momento sin previo aviso; en cualquier momento, la vida puede acabar. ¿Qué hacemos, pues, con nuestros 86.400 segundos diarios? ¿No son más importantes unos segundos de vida que unos dólares?

Desde el accidente, comprobaba a diario que muy pocas personas se percataban de lo que se cuenta y se aprecia el tiempo. Le expuso entonces las conclusiones de su historia:

–¿Quieres entender qué es un año de vida? Pregúntaselo a un estudiante que acaba de suspender el examen de fin de curso. ¿Un mes de vida? Díselo a una mujer que acaba de traer al mundo a un niño prematuro y espera que salga de la incubadora para estrecharlo entre sus brazos, sano y salvo. ¿Una semana? Que te lo cuente un hombre que trabaja en una fábrica o en una mina para mantener a la familia. ¿Un día? Háblales del asunto a dos que están locamente enamorados uno de otro y esperan el momento de volver a estar juntos. ¿Una hora? Pregúntale a una persona claustrofóbica encerrada en un ascensor averiado. ¿Un segundo? Mira la expresión de un hombre que acaba de salvarse de un accidente de coche. ¿Y una milésima de segundo? Pregúntale al atleta que acaba de ganar la medalla de plata en los Juegos Olímpicos, en vez de la medalla de oro para la que lleva toda su vida entrenándose. La vida es mágica, Arthur, y hablo con conocimiento de causa, porque desde que sufrí el accidente saboreo el premio que es cada instante. Así que, por favor, aprovechemos todos estos segundos que nos quedan.

Arthur la tomó entre sus brazos y le susurró al oído:

–Cada segundo contigo cuenta más que cualquier otro segundo.

Pasaron así el resto de la noche, abrazados ante el hogar. El sueño los invadió al amanecer. La tormenta no había amainado, sino todo lo contrario. El timbre del móvil los despertó hacia las diez. Era Pilguez. Le pedía a Arthur que lo recibiera, tenía que hablar con él, y también le pedía disculpas por su comportamiento del día anterior. Arthur vaciló; no sabía si aquel hombre intentaba manipularlo o era sincero. Pensó en la lluvia torrencial, que no les permitiría quedarse fuera, y en que Pilguez utilizaría ese argumento para entrar en la casa. Sin apenas reflexionar, lo invitó a comer en la cocina. Tal vez para ser más fuerte que él, más desconcertante. Lauren no hizo ningún comentario; esbozó una sonrisa melancólica que a Arthur le pasó inadvertida.

El inspector de policía se presentó dos horas más tarde. Cuando Arthur abrió la puerta, una violenta ráfaga de viento se coló en el pasillo y Pilguez tuvo que ayudarle a cerrar el batiente.

–¡Esto es un huracán! –exclamó.

–Estoy seguro de que no ha venido para hablar de meteorología.

Lauren los siguió hasta la cocina. Pilguez dejó la gabardina en una silla y se sentó a la mesa. Había dos cubiertos. Una ensalada César con pollo asado y una tortilla de champiñones constituirían la comida. Todo ello acompañado de un cabernet del Nappa Valley.

–Le agradezco mucho su amabilidad. Yo no quería causarle tanto trastorno.

–Lo que me trastorna, inspector, es que se empeñe en darme la tabarra con sus disparatadas historias.

–Si son tan disparatadas como dice, no le daré la tabarra mucho tiempo... Usted es arquitecto, ¿verdad?

–Lo sabe de sobra.

–¿Qué tipo de arquitectura?

–Me he especializado en la restauración del patrimonio.

–Que consiste...

–En rehabilitar edificios antiguos; conservar la piedra, reestructurándola para adaptarla a la vida actual.

Pilguez había dado en el clavo; estaba llevando a Arthur a un terreno que le cautivaba. Pero lo que Pilguez descubrió es que a él también le apasionaba, de modo que el viejo inspector cayó en su propia trampa. Él, que había querido suscitar el interés en Arthur, abrir un camino a través del cual comunicarse, se dejó atrapar por el relato del sospechoso.

Arthur le dio una auténtica clase de historia de la piedra, desde la arquitectura antigua hasta la arquitectura tradicional, adentrándose en la arquitectura moderna y contemporánea. El viejo poli estaba fascinado, encadenaba unas preguntas con otras y Arthur respondía a todas ellas. La conversación se prolongó más de dos horas sin que en ningún momento les resultara pesada. Pilguez se enteró de cómo había sido reconstruida su propia ciudad después del gran terremoto, de la historia de los grandes edificios que veía todos los días, de un montón de anécdotas sobre cómo nacen las ciudades y las calles donde vivimos.

Los cafés se iban sucediendo, y Lauren asistía estupefacta e impasible a la extraña complicidad que iba tejiéndose entre los dos hombres.

Cuando Arthur estaba contando cómo fue concebido el Golden Gate, Pilguez lo interrumpió poniendo una mano sobre la suya y cambió bruscamente de tema. Quería hablarle de hombre a hombre, prescindiendo de su placa. Necesitaba comprender. Se describió como un viejo policía al que su instinto jamás había engañado. Intuía y sabía que el cuerpo de esa mujer estaba escondido en la habitación cerrada del fondo del pasillo. Sin embargo, no comprendía las motivaciones del secuestro. Arthur era para él el tipo de hombre que un padre querría tener por hijo; le parecía una persona sana, culta, apasionante. Entonces, ¿por qué iba a exponerse a echarlo todo a rodar robando el cuerpo de una mujer en coma?

–Es una lástima, yo creía que simpatizábamos de verdad –dijo Arthur, levantándose.

–¡Y así es! Esto no tiene nada que ver... o, mejor dicho, lo tiene todo que ver. Estoy seguro de que tiene buenas razones y le propongo ayudarlo.

Sería totalmente honrado con él, y empezó por confesarle que no conseguiría la orden para esa noche porque le faltaban pruebas. Tendría que ir a San Francisco a ver al juez, discutir con él, convencerlo, pero lo lograría. Tardaría tres o cuatro días, el tiempo suficiente para que Arthur trasladara el cuerpo, pero le aseguró que semejante maniobra sería un error. Él desconocía sus motivos, pero iba a arruinar su vida. Todavía podía ayudarlo, y se ofrecía a hacerlo si Arthur aceptaba hablar con él y explicarle las claves de aquel misterio. La réplica de Arthur estuvo teñida de cierta ironía. Le conmovía la generosa propuesta del inspector y su benevolencia, y al mismo tiempo le sorprendía haber conectado tanto con él en dos horas de conversación. Pero también se quejó de no comprender a su invitado. Se presentaba en su casa, lo recibía, lo agasajaba, y él se obstinaba en acusarlo sin pruebas ni motivos de un delito absurdo.

–No, es usted quien se obstina –replicó Pilguez.

–Y si soy su culpable, ¿qué razones tiene usted para ayudarme, aparte de resolver un enigma más?

El viejo poli respondió con sinceridad. A lo largo de su carrera se había enfrentado a muchos casos con centenares de motivos absurdos, a crímenes sórdidos, pero todos los culpables habían tenido un punto en común, el de ser criminales, mentes retorcidas, maníacos, malhechores, y no parecía que ése fuera el caso de Arthur. De modo que, después de haberse pasado la vida metiendo a chiflados entre rejas, si podía evitar que un buen tipo fuera a parar allí por haberse metido en un lío, «al menos tendría la sensación de haber estado una vez del lado bueno de las cosas», concluyó.

–Es muy amable por su parte, soy sincero al decirlo, y he disfrutado de esta comida con usted, pero no me encuentro en la situación que describe. No le echo, pero tengo trabajo. Quizá tengamos ocasión de volver a vernos.

Pilguez asintió con un gesto apesadumbrado de cabeza, y se levantó y se puso la gabardina. Lauren, que durante toda la conversación de los dos hombres había estado sentada sobre el aparador, bajó de un salto y los siguió cuando se adentraron en el pasillo que conducía a la entrada de la casa.

Pilguez se detuvo frente a la puerta del despacho y se quedó mirando el pomo.

–¿Ha abierto ya el baúl de los recuerdos?

–No, todavía no –respondió Arthur.

–A veces es duro zambullirse en el pasado. Hace falta mucha fuerza, mucho valor.

–Sí, lo sé. Eso es lo que trato de encontrar.

–Estoy convencido de que no me equivoco, joven. Mi instinto no me ha engañado jamás.

Cuando Arthur se disponía a invitarlo a irse, el pomo comenzó a girar, como si alguien lo accionara desde el interior, y la puerta se abrió. Arthur se volvió, estupefacto. Vio a Lauren en el hueco de la puerta, sonriéndole con tristeza.

–¿Por qué has hecho eso? –murmuró, con la respiración entrecortada.

–Porque te quiero.

Desde donde estaba, Pilguez vio inmediatamente el cuerpo que reposaba sobre la cama, con la perfusión. «Gracias a Dios, está con vida», pensó. Entró en la habitación, dejando a Arthur en la entrada, se acercó y se arrodilló junto al cuerpo. Lauren estrechó a Arthur entre sus brazos y lo besó tiernamente en la mejilla.

–No hubieras podido, y no quiero que arruines el resto de tu vida por mí. Quiero que vivas libre, quiero que seas feliz.

–Pero mi felicidad eres tú.

Ella le puso un dedo sobre los labios.

–No, así no. En estas circunstancias, no.

–¿Con quién habla? –preguntó el viejo policía en tono amistoso.

–Con ella.

–Ahora debe contármelo todo si quiere que lo ayude.

Arthur dirigió a Lauren una mirada llena de desesperación.

–Tienes que contarle toda la verdad. Quizá te crea o quizá no, pero atente a la verdad.

–Venga –dijo Arthur dirigiéndose a Pilguez–, vamos al salón. Voy a contárselo todo.

Los dos hombres se sentaron en el gran sofá y Arthur contó toda la historia, desde aquella primera noche en su apartamento, cuando una desconocida que estaba escondida en el armario le había dicho: «Lo que voy a decirle cuesta de entender y resulta imposible de admitir, pero si tiene la bondad de escuchar mi historia, si tiene la bondad de confiar en mí, entonces quizás acabe creyéndome, y es muy importante, porque usted es, sin saberlo, la única persona del mundo con quien puedo compartir este secreto».

Pilguez lo escuchó sin interrumpirlo ni una sola vez. Mucho más tarde, cuando hubo acabado su relato, Arthur se levantó del sillón y observó a su interlocutor.

–Ya ve, inspector, con semejante historia va a tener que añadir otro loco a su colección.

–¿Está aquí, con nosotros? –preguntó Pilguez.

–Sentada en el sillón que se encuentra frente a usted, y está mirándolo.

Pilguez se frotó la corta barba meneando la cabeza.

–Claro –dijo–, claro.

–¿Qué va a hacer ahora? –preguntó Arthur.

¡Iba a creerlo! Y si Arthur se preguntaba por qué, la respuesta era muy simple. Porque para inventarse semejante historia y correr los riesgos que él había corrido, no había que estar chiflado, había que estar completamente demente. Y el hombre que le había hablado en la mesa de la historia de la ciudad a la que él servía desde hacía más de treinta años no tenía nada de demente.

–Su historia tiene que ser cierta de cabo a rabo para que haya montado todo esto. Yo no creo mucho en Dios, pero sí creo en el alma humana; además, estoy al final de mi carrera y sobre todo tengo ganas de creerle.

–Entonces, ¿qué va a hacer?

–¿Puedo llevarla al hospital en mi coche sin que corra ningún peligro?

–Sí –dijo Arthur con voz angustiada.

Entonces, tal como le había prometido, lo sacaría de aquel apuro.

–¡Pero yo no quiero separarme de ella! ¡No quiero que le apliquen la eutanasia!

Ésa era otra batalla.

–Yo no puedo hacerlo todo, amigo.

Ya iba a exponerse devolviendo el cuerpo, y sólo tenía la noche y tres horas de carretera para que se le ocurriese una razón convincente que explicara el hecho de haber encontrado a la víctima sin haber identificado al secuestrador. Como la chica estaba con vida y no había sufrido ninguna sevicia, creía que podría arreglárselas para que el expediente fuera a parar al cajón de los casos archivados. Era lo único que podía hacer.

–Pero ya es mucho, ¿no?

–Sí, lo sé –dijo Arthur, agradecido.

–Les dejaré la noche para los dos y pasaré mañana por la mañana, hacia las ocho. Prepárelo todo para el viaje.

–¿Por qué hace esto?

–Ya se lo he dicho: porque usted me cae bien. Nunca

sabré si su historia es real o si la ha soñado. Pero, en cualquier caso, siguiendo la lógica de su razonamiento, ha actuado en interés de ella. Casi podría afirmarse que era legítima defensa, aunque otros lo llamarían asistencia a persona en peligro; a mí me da igual. El valor es patrimonio de quienes actúan bien o lo mejor posible en el momento en que hay que actuar, sin calcular las consecuencias que de ello se puedan derivar. Bueno, ya está bien de charla, aproveche el tiempo que le queda.

El policía se levantó, y Arthur y Lauren lo siguieron. Un violento vendaval los acogió cuando abrieron la puerta de la casa.

–Hasta mañana –dijo Pilguez.

–Hasta mañana –contestó Arthur con las manos en los bolsillos.

El inspector desapareció en la tormenta.

Arthur no durmió, y al amanecer fue al despacho. Preparó el cuerpo de Lauren, luego subió a su habitación a hacer la maleta, cerró los postigos de toda la casa y la bombona de gas y cortó la electricidad. Tenían que volver al apartamento de San Francisco. Lauren no podía permanecer lejos de su cuerpo mucho tiempo sin sentir un gran cansancio. Habían hablado del asunto durante la noche y estaban convencidos de que sería así. Cuando Pilguez se hubiera llevado el cuerpo, emprendería también el regreso.

Pilguez se presentó a la hora acordada. En un cuarto de hora, Lauren fue envuelta en mantas e instalada en el asiento trasero del coche del policía. A las nueve, la casa estaba cerrada, sin ningún ocupante, y los dos vehículos iban camino de la ciudad. El inspector llegó al hospital hacia mediodía; Arthur y Lauren entraron en el apartamento más o menos a la misma hora.

CAPÍTULO

15

Pilguez cumplió su promesa. Dejó a su pasajera inerte en el servicio de urgencias. Menos de una hora más tarde, el cuerpo de Lauren se hallaba instalado en la habitación de donde había sido secuestrado. El inspector fue a la comisaría y se dirigió directamente al despacho del director. Nadie supo jamás el contenido de la conversación que mantuvieron los dos hombres, que duró dos largas horas, pero al salir de la estancia, el inspector fue a ver a Nathalia con un grueso expediente bajo el brazo, dejó caer la carpeta sobre su mesa y, mirándola fijamente a los ojos, le ordenó que guardase inmediatamente aquellos documentos en el cajón de los «casos dormidos».

Arthur y Lauren se instalaron en el apartamento de Green Street. Pasaron la tarde en La Marina, paseando por la orilla del mar. El hecho de que nada indicara que el procedimiento de eutanasia seguiría su curso les hizo concebir cierta esperanza. Después de todos aquellos acontecimientos, quizá la madre de Lauren se replanteara su decisión. Cenaron en el Perry's y regresaron hacia las diez para ver una película en la tele.

La vida recuperó su normalidad, y a medida que pasaban los días, cada vez recordaban con menos frecuencia la situación que tanto les preocupaba.

Arthur aparecía de vez en cuando por su despacho para firmar papeles. El resto del día lo pasaban juntos, yendo al cine, paseando durante horas por las alamedas del Golden Gate Park. Un fin de semana fueron a Tiburon, a la casa que un amigo de Arthur le prestaba cuando se iba a Asia. La primera parte de otra semana la dedicaron a hacer vela en la bahía, navegando de una cala a otra.

Asistían a multitud de espectáculos en la ciudad: music-hall, ballets, conciertos y teatro. Las horas transcurrían como en unas largas vacaciones en las que todos los caprichos están permitidos. Vivir el instante presente, al menos por una vez sin planear, ocultando el mañana. Sin pensar en nada más que en lo que sucede. La teoría de los segundos, como ellos decían. La gente tomaba a Arthur por loco al verlo hablar solo o caminar con un brazo levantado en horizontal. En los restaurantes que frecuentaban, los camareros estaban acostumbrados a la presencia de aquel hombre que, sentado solo a la mesa, de pronto hacía el gesto de asir una mano invisible para todos y besarla, hablaba solo en voz baja y se hacía a un lado en el umbral de la puerta para dejar paso a una persona inexistente. Unos pensaban que había perdido la razón; otros, que imaginaba estar con su esposa fallecida. Arthur ya no intentaba disimular; saboreaba cada uno de esos instantes que tejían la red de su amor. En el espacio de unas semanas se habían convertido en cómplices y amantes y compartían su vida. Paul ya no se preocupaba; había aceptado que su amigo estaba atravesando una crisis. Tranquilizado por el hecho de que el secuestro no hubiera tenido consecuencias, se ocupaba de la gestión del estudio convencido de que antes o después su socio se recuperaría y las aguas volverían a su cauce. No tenía prisa. Lo importante era que aquel a quien llamaba hermano mejorara o se restableciera por completo, cualquiera que fuese el mundo en el que vivía.

Transcurrieron así tres meses sin que nada fuera a turbar su intimidad. Aquello sucedió un martes por la noche. Se habían acostado tras pasar una velada apacible en casa. Después de los abrazos cómplices, habían compartido las últimas líneas de una novela que leían juntos, pues él tenía que pasarle las páginas. Se habían dormido tarde, uno en brazos de otro.

Hacia las seis de la mañana, Lauren se incorporó de un salto y llamó a Arthur gritando. Éste se despertó sobresaltado y le sorprendió verla sentada con las piernas cruzadas, la tez pálida y cristalina.

–¿Qué pasa? –preguntó con la voz llena de inquietud.

–Abrázame, por favor, deprisa.

Él lo hizo inmediatamente y ella, antes de que le repitiera la pregunta, acercó una mano a su mejilla oscurecida por la barba incipiente y la acarició, deslizando luego los dedos hacia su barbilla y rodeándole la nuca con una ternura infinita. Los ojos se le llenaron de lágrimas.

–Ha llegado el momento, amor mío, se me llevan, estoy desapareciendo –le dijo Lauren.

–¡No! –se rebeló él, estrechándola todavía con más fuerza.

–¡Dios mío, no quiero dejarte! Antes de que empezara esta vida contigo, ya estaba deseando que no acabara jamás.

–¡No puedes irte, no debes, resístete, te lo suplico!

–No digas nada y escúchame, presiento que tengo poco tiempo. Me has dado algo que yo ni sospechaba que existiera; antes de vivir a través de ti no imaginaba que el amor pudiera aportar tantas cosas sencillas. Nada de lo que viví antes de conocerte valía uno solo de los segundos que hemos pasado juntos. Quiero que siempre sepas hasta qué punto te he amado; no sé hacia qué tierras parto, pero si existe un más allá, seguiré amándote con toda esta fuerza y esta alegría con las que has llenado mi vida.

–¡No quiero que te vayas!

–Chisss..., no digas nada, escúchame.

Y mientras hablaba, su figura adquiría transparencia. Su piel se tornaba clara como el agua. Los brazos de Arthur se cerraban sobre un vacío que poco a poco iba creándose. Le daba la sensación de que Lauren se volvía evanescente.

–Tengo el color de tus sonrisas en mis ojos –prosiguió–. Gracias por todas esas risas, por toda esa ternura. Quiero que vivas, que reanudes el curso de tu vida cuando yo ya no esté aquí.

–No podré hacerlo sin ti.

–No te guardes lo que llevas dentro, debes dárselo a otra; si no, sería un desperdicio enorme.

–No te vayas, por favor. Lucha.

–No puedo, es más fuerte que yo. No siento dolor, simplemente tengo la impresión de que te alejas, te oigo como si estuviera envuelta en algodón, empiezo a verte borroso. Tengo mucho miedo, Arthur. Sin ti, tengo mucho miedo. Retenme un poco más.

–Estoy abrazándote, ¿no lo notas?

–No muy bien, amor mío.

Así lloraban los dos, púdica y silenciosamente; comprendían todavía mejor el sentido de un segundo de vida, el valor de un instante, la importancia de una sola palabra. Se abrazaron. En unos minutos de un beso inacabado, ella desapareció del todo. Los brazos de Arthur se cerraron sobre sí mismos; se retorció de dolor y rompió a llorar a gritos.

Le temblaba todo el cuerpo. Su cabeza se balanceaba de uno a otro lado en un movimiento que escapaba a su control. Apretaba los dedos con tanta fuerza que las uñas se le clavaban en las palmas de las manos hasta hacerlas sangrar.

El «no» que profirió en un bramido animal hizo retumbar la habitación y vibrar los cristales. Intentó levantarse, pero se tambaleó y cayó al suelo; seguía teniendo los brazos cerrados alrededor del cuerpo. Estuvo inconsciente varias horas y no volvió en sí hasta mucho más tarde. Estaba pálido. Se sentía sin fuerzas. Se arrastró hasta el alféizar de la ventana, donde a ella tanto le gustaba sentarse, y se dejó caer, con la mirada perdida.

Arthur se sumergió en el mundo de la ausencia, con el singular sabor que ésta tiene cuando resuena dentro de la cabeza. La ausencia penetró sordamente en sus venas y se filtró en su corazón, que cada día palpitaba a un ritmo distinto del de la víspera.

Los primeros días le provocó cólera, dudas, celos; no de los demás, sino de los momentos robados, del tiempo que pasaba. La solapada ausencia, infiltrándose, modificaba sus emociones, las agudizaba, las afilaba, haciéndolas más cortantes. Al principio se hubiera dicho que su misión era herirlo, pero, lejos de eso, la emoción mostraba su cara más refinada para razonar mejor dentro de él. Arthur sentía la carencia del otro, del amor, incluso en la carne, del deseo del cuerpo, de la nariz que persigue un olor, de la mano que busca el vientre para acariciarlo, del ojo que a través de las lágrimas ya sólo ve recuerdos, de la piel que busca la piel, de la otra mano que se cierra en el vacío, de cada falange replegándose metódicamente al ritmo que aquélla le impone, del pie que cae y se balancea en el vacío.

Permaneció así, postrado en su casa, días y noches interminables. Iba de la mesa de trabajo, donde le escribía cartas a un fantasma, a la cama, donde contemplaba el techo sin ni siquiera verlo. El teléfono llevaba bastante tiempo descolgado sin que él se hubiera dado cuenta. Le daba igual; no esperaba ninguna llamada. Nada tenía importancia ya.

Salió aquella noche en busca de aire, después de un día sofocante. Se puso la gabardina para protegerse de la lluvia. Sólo tuvo fuerzas para cruzar la calle hasta la acera de enfrente.

La calleja se veía en blanco y negro; Arthur se sentó sobre una tapia baja. Al final del largo pasillo que formaba aquel esbozo de calle, la casa victoriana descansaba sobre su jardincillo.

Tan sólo la ventana del salón vertía aún un rayo de luz sobre aquella noche sin luna. Aunque había cesado la lluvia, él no estaba seco. Seguía vislumbrando tras los cristales a Lauren, sus movimientos ágiles.

La joven se había retirado de puntillas.

A Arthur le parecía ver aún el delicado balanceo de su cuerpo que desaparecía en la sombra del pavimento al volver la esquina. Como de costumbre en esos momentos en que se sentía frágil, había hundido las manos en los bolsillos de la gabardina y había echado a andar, algo encorvado.

Había seguido los pasos de Lauren a lo largo de las paredes grises y blancas, con la suficiente lentitud para no darle nunca alcance. Se había detenido vacilante en la entrada de la callejuela; luego, empujado por una lluvia fina y entumecido por el frío, se había ido acercando.

Sentado sobre un parapeto, revivía cada instante de los minutos de aquella vida que había acabado demasiado bruscamente.

«Arthur, la duda y la elección que la acompaña son las dos fuerzas que hacen vibrar las cuerdas de nuestras emociones. Recuerda que sólo cuenta la armonía de esa vibración.»

La voz y el recuerdo de su madre habían surgido del fondo de él. Entonces Arthur se levantó con decisión, echó un último vistazo y regresó con la sensación culpable de haber fracasado.

El cielo, que empezaba a clarear, anunciaba el comienzo de un día sin color. Todos los amaneceres son silenciosos, pero tan sólo determinados silencios son sinónimo de ausencia, mientras que otros están cargados a veces de complicidad. En estos últimos era en los que Arthur pensaba mientras volvía.

Se había tumbado sobre la alfombra del salón, y parecía como si estuviera hablándoles a los pájaros, cuando llamaron violentamente a la puerta. No se levantó.

–¿Arthur? ¿Estás ahí? Sé que estás ahí dentro. Ábreme, cabezota. ¡Abre! –gritaba Paul–. ¡Abre o tiro la puerta abajo!

El marco vibró al primer empellón.

–¡Mierda, me he hecho daño! ¡Me he dislocado la clavícula! ¡Abre!

Arthur se levantó y se dirigió a la puerta; la abrió y, sin esperar un segundo, fue a tumbarse al sofá. Al entrar en el salón, Paul se quedó sorprendido por el desorden que reinaba en él. Decenas de hojas de papel, todas escritas por la mano de su amigo, alfombraban el suelo. En la cocina había latas de conserva esparcidas sobre las superficies de trabajo. El fregadero rebosaba de vajilla sucia.

–¿Qué pasa? Ha habido aquí una guerra y tú has perdido?

Arthur no contestó.

–Vale, te han torturado, te han cortado las cuerdas vocales. Oye, pero ¿estás sordo o qué? ¡Soy yo, tu socio! ¿Estás cataléptico o has empinado tanto el codo que sigues bajo los efectos de la borrachera?

Paul vio que Arthur se había echado a llorar. Se sentó a su lado y le pasó un brazo por los hombros.

–Arthur, ¿qué pasa?

–Murió hace diez días. Una mañana se fue sin más. La mataron. ¡Y no consigo superarlo, Paul, no lo consigo!

–Ya lo veo.

Lo estrechó entre sus brazos.

–Llora, amigo, llora todo lo que puedas. Dicen que eso borra las penas.

–¡Es lo único que hago, llorar!

–Bueno, pues sigue. Está claro que aún te quedan lágrimas, que el depósito no se ha vaciado.

Paul miró el teléfono y se levantó para colgarlo.

–Te he llamado doscientas veces. ¿Qué te hubiera costado colgarlo?

–No me había dado cuenta.

–¿No recibes ninguna llamada en diez días y no te das cuenta de que pasa algo?

–¡A la mierda el teléfono!

–Tienes que poner freno a esto, amigo. Toda esta aventura me superaba, pero a quien ahora está superando es a ti. Has soñado, Arthur, has caído en picado en una historia demencial. Debes restablecer el contacto con la realidad, porque estás destrozando tu vida. Has dejado de trabajar, tienes cara de flipado y estás más flaco que un palillo. Hace semanas que no se te ve el pelo por el estudio; la gente se pregunta si todavía existes. Te enamoraste de una mujer en coma, te inventaste una historia alucinante, robaste su cuerpo y ahora estás llorando a un fantasma. En esta ciudad hay un psiquiatra que va a hacerse millonario y que aún no lo sabe. Necesitas tratamiento, amigo. No tienes elección; yo no puedo dejarte en este estado. Todo esto ha sido un sueño que está convirtiéndose en pesadilla.

Paul fue interrumpido por el timbre del teléfono. Tras descolgarlo y escuchar un momento, se lo tendió a Arthur.

–Es el poli, y está que trina. Él también lleva diez días llamándote. Quiere hablar contigo.

–No tengo nada que decirle.

Paul había tapado el micrófono con la mano.

–O hablas con él, o te hago tragar el aparato –dijo.

Le pegó el auricular a la oreja. Arthur escuchó y se levantó de un salto. Le dio las gracias a su interlocutor y se puso a buscar frenéticamente las llaves en el caos general.

–¿Se puede saber qué pasa? –preguntó su socio.

–Ahora no puedo perder tiempo. Tengo que encontrar las llaves.

–¿Vienen a detenerte?

–¡No, hombre, no! Ayúdame en vez de decir tonterías.

–Está mejor..., empieza otra vez a meterse conmigo.

Arthur encontró las llaves. Dijo a su socio que en ese momento no tenía tiempo de explicarle nada, que el tiempo apremiaba, pero que lo llamaría esa misma noche. Su amigo lo miró con asombro.

–No sé adónde vas, pero si es a un lugar público te aconsejo que te laves la cara y te cambies de ropa.

Tras una breve vacilación, Arthur echó un vistazo a su

reflejo en el espejo del salón y corrió al cuarto de baño. Apartó la vista del armario; hay lugares que reavivan la memoria de una forma dolorosa. Unos minutos más tarde estaba lavado, afeitado y cambiado. Salió en tromba y, sin decir adiós siquiera, bajó precipitadamente la escalera hasta el garaje.

Atravesó la ciudad en automóvil a toda velocidad hasta llegar al aparcamiento del San Francisco Memorial Hospital. Sin perder el tiempo en cerrar la puerta con llave, se dirigió corriendo a recepción. Cuando llegó, sin aliento, Pilguez ya lo esperaba sentado en un sillón de la sala de espera. El inspector se levantó y le pasó un brazo por los hombros, invitándolo a calmarse. La madre de Lauren estaba en el hospital. Dadas las circunstancias, Pilguez se lo había contado todo; bueno, casi todo. Estaba esperándolo en la quinta planta, en el pasillo.

CAPÍTULO 16

La madre de Lauren estaba sentada en una silla, ante la puerta de una de las salas de reanimación. Al verlo, se levantó y se dirigió hacia él. Lo estrechó entre sus brazos y lo besó en la mejilla.

–No le conozco, sólo nos hemos visto una vez, no sé si acordará..., fue en La Marina. La perra lo reconoció. No sé por qué, no entiendo nada, pero le debo tanto que nunca sabré cómo darle las gracias.

Después le explicó la situación. Lauren había salido del coma hacía diez días, por alguna razón que nadie sabía explicarse. Una mañana, el electroencefalograma, plano desde hacía meses, había comenzado a moverse, manifestando una actividad eléctrica intensa. La enfermera de guardia había sido la primera en darse cuenta e inmediatamente había avisado al interno de servicio. Unas horas después, la habitación se había convertido en un panal de médicos al que todos acudían para dar su opinión o, simplemente, para ver a la paciente que había salido de un coma profundo. Los primeros días, Lauren había permanecido inconsciente. Luego, poco a poco, había empezado a mover los dedos y las manos. Desde el día anterior pasaba horas con los ojos abiertos, mirando todo lo que sucedía a su alrededor pero todavía incapaz de hablar o de emitir cualquier sonido. Algunos doctores pensaban que quizás hubiera que enseñarle de nuevo a hablar; otros estaban seguros de que, como en todo lo demás, llegado el momento recuperaría esa capacidad. La noche anterior había respondido a una pregunta con un parpadeo. Estaba muy débil; levantar un brazo parecía exigirle un esfuerzo considerable. Los médicos lo achacaban a una atrofia de los músculos debida a la posición horizontal y a su inercia durante tanto tiempo. Con tiempo y rehabilitación, también eso volvería a la normalidad. Los resultados de los escáneres y de las demás pruebas practicadas permitían ser optimistas. El tiempo confirmaría ese optimismo.

Arthur, sin escuchar el final del relato, entró en la habitación. El cardiógrafo emitía una señal regular y tranquilizadora. Lauren tenía los ojos cerrados; estaba dormida. Tenía la tez pálida, pero su belleza permanecía intacta. Al verla, lo embargó la emoción. Se sentó en el borde de la cama, tomó una de sus manos entre las suyas y le dio un beso en la palma. Luego se instaló en una silla y se quedó largas horas mirándola.

A primera hora de la noche, Lauren abrió los ojos, lo miró fijamente y le sonrió.

–Todo va bien, estoy aquí –le dijo él en voz baja–. No te esfuerces, muy pronto podrás hablar.

Ella frunció el entrecejo, vaciló un instante y le sonrió de nuevo. Luego volvió a dormirse.

Arthur iba todos los días al hospital.

Se sentaba frente a ella y esperaba a que se despertara. Cada vez que lo hacía, le hablaba, le contaba lo que sucedía fuera. Ella no podía hablar, pero siempre lo miraba fijamente cuando se dirigía a ella y después volvía a dormirse.

Pasaron así diez días más. La madre de Lauren y él se turnaban para acompañarla. Dos semanas más tarde, cuando Arthur llegó, la señora Kline salió al pasillo para anunciarle que la noche anterior Lauren había recuperado el uso de la palabra. Había pronunciado unas palabras muy despacio y con voz ronca. Arthur entró en la habitación y se sentó junto a ella. Estaba dormida. Él le pasó una mano por el pelo y le acarició suavemente la frente.

–Echaba tanto de menos el sonido de tu voz... –dijo.

Ella abrió los ojos, le miró y preguntó:

–¿Quién es usted? ¿Por qué viene todos los días?

Arthur comprendió enseguida lo que ocurría. Con el corazón encogido, le dedicó una sonrisa llena de ternura y amor y respondió:

–Lo que voy a decirle cuesta de entender y resulta imposible de admitir, pero si tiene la bondad de escuchar mi historia, si tiene la bondad de confiar en mí, entonces quizás acabe creyéndome, y es muy importante, porque usted es, sin saberlo, la única persona del mundo con quien puedo compartir este secreto.

Gracias a:

Nathalie André, Paul Boujenah, Bernard Fixot, Philippe Guez, Rébecca Hayat, Raymond Levy, Danièle Levy, Lorraine Levy, Rémi Mangin, Coco Miller, Julie du Page, Anne-Marie Périer, Jean-Marie Périer, Manon Sbaïz y Aline Souliers y a Bernard Barrault y Susanna Lea.

Título de la edición original: *Et si c'était vrai...*
Traducción del francés: Teresa Clavel,
cedida por Ediciones B, S. A.
Diseño: Serifa
Ilustración: a partir de una fotografía de SuperStock

Círculo de Lectores, S. A. (Sociedad Unipersonal)
Travessera de Gràcia, 47-49, 08021 Barcelona
www.circulolectores.com
3 5 7 9 0 0 1 2 8 6 4

Licencia editorial para Círculo de Lectores
por cortesía de Ediciones B, S. A.

Depósito legal: B. 44816-2000
Fotocomposición: Víctor Igual, S. L., Barcelona
Impresión y encuadernación: Printer industria gráfica, s. a.
N. II, Cuatro caminos s/n, 08620 Sant Vicenç dels Horts
Barcelona, 2000. Impreso en España
ISBN 84-226-8551-5
N.º 29827